N
NW
NE
W
E
SW
SE
S

T. Spexx

Secrets of Amarak

Spione der Unterwelt

T. Spexx
ist schon um die halbe Welt gereist und liebt das Abenteuer! Auf einer seiner Reisen wurde ihm eine kleine Flasche angeboten, die er kurzerhand kaufte. Hätte er geahnt, was er sich damit für einen Ärger einhandeln würde, hätte er die Finger davon gelassen. T. Spexx hat seine Wohnung und Identität mittlerweile aufgegeben und lebt an einem geheimen Ort.

Moritz von Wolzogen,
geboren 1984, fing mit zwei Jahren an zu zeichnen und hörte nie wieder auf. Er studierte in Wiesbaden Kommunikationsdesign und gewann 2008 den Film-Nachwuchspreis edWard für seinen Kurzclip *Earthcar.* Seit 2012 arbeitet er als freischaffender Grafiker, Zeichner und Animationsfilmer in Frankfurt am Main.

T. SPEXX

Secrets of Amarak

Spione der Unterwelt

Mit Illustrationen von Moritz von Wolzogen

Arena

FSC
www.fsc.org
MIX
Papier aus verantwortungsvollen Quellen
FSC® C110508

1. Auflage 2017

Cover- und Innenillustrationen: Moritz von Wolzogen
Einbandgestaltung: Johannes Wiebel
Gesamtherstellung: Westermann Druck Zwickau GmbH
ISBN 978-3-401-60206-6

Besuche uns unter:
www.arena-verlag.de
www.twitter.com/arenaverlag
www.facebook.com/arenaverlagfans

Prolog

José Madrigal LaPorta wusste, dass er nicht mehr lange zu leben hatte. Doch die Aussicht, bald auf dem Totenbett seinen letzten Atemzug zu tun, schreckte ihn nicht. Er betrachtete den Tod eher als eine technische Angelegenheit; vorausgesetzt, man war entsprechend gerüstet. Und LaPorta war gerüstet. Er hatte alles bis ins Kleinste vorbereitet und es gab eigentlich nichts, worüber er sich Sorgen machen musste.

Doch gerade diese Perfektion scheuchte ihn schließlich auf, um nach dem Rechten zu sehen. Denn trotz sorgfältigster Planung kam es hin und wieder zu unvorhergesehenen Zwischenfällen. Und auch, wenn es sich dabei meist nur um kleinere Störungen im Ablauf handelte, wollte LaPorta nichts dem Zufall überlassen.

Er ging den langen Flur entlang, passierte die Küche und gelangte durch eine schmale Tür in die *Schatzkammer,* wie er den ehemaligen Gebetsraum liebevoll nannte. Für den Mann mit den kantigen Gesichtszügen und den durchdringenden Augen passte diese Bezeichnung perfekt, denn in der Schatzkammer bewahrte er etwas auf, das man mit nichts auf der Welt hätte bezahlen können. LaPortas Schatz war wertvoller als der größte Diamant und kostbarer als jedes noch so teure Gemälde. Er hütete ihn wie seinen Augapfel.

Der eher schlichte Raum war natürlich nur Tarnung. Niemals würde er seinen Schatz in einem einfachen Zimmer, das sich zudem nicht abschließen ließ, aufbewahren. LaPorta vollführte auf dem aus großen Mosaiksteinen gefertigten Fußboden einen komplizierten Tanz, bei dem er die Fliesen in einer bestimmten Reihenfolge berührte. Kurz darauf öffnete sich eine geheime Luke im Boden. Eine Leiter führte in einen mit Stahlwänden und drei zusätzlichen Schleusen gesicherten Safe. Nachdem er sich mit Fingerabdruck, Irisscan und Stimmerkennung Zugang verschafft hatte, erreichte er die eigentliche Schatzkammer, einen atomsicheren Bunker unterhalb seiner Villa. Hier lagerte der Schrein, der seinen Schatz bewahrte: eine reich verzierte Schatulle, die er einst in Peru an sich genommen hatte. Der Originalschrein war zwar leider verloren gegangen, doch auch die Nachbildung erfüllte ihren Zweck. Vorsichtig berührte LaPorta die Ecken der mit Edelsteinen besetzten Schatulle und hob den Deckel an. Im selben Augenblick fuhr ihm ein Stich ins Herz. Der Deckel entglitt seinen Fingern. LaPorta taumelte zurück und stützte sich an den kalten Stahlbeton. Das konnte nicht wahr sein! Vielleicht hatte seine Sehkraft bereits derart nachgelassen und seine Augen hatten ihm einen Streich gespielt? Ein grimmig grinsender Sensenmann tauchte plötzlich vor ihm auf. LaPorta schloss kurz die Augen und ballte die Fäuste. Dann stürzte er entschlossen nach vorne und riss den Deckel ein zweites Mal von der Schatulle. Doch die Wahrheit ließ sich nicht leugnen: Sein *Schatz* war verschwunden!

1

Das ist Howard's End?« Joes Gesicht nahm denselben Ausdruck an wie am Tag zuvor, als er beim Abendessen nach dem Inhalt der Suppe gefragt und Rebecca spontan »Schleimpilze in Madenspeck« geantwortet hatte. Joes Schwester hatte einen ziemlich schrägen Sinn für Humor.

»Gefällt es dir nicht?«, fragte Joes Dad vom Fahrersitz, während er den Kombi durch die schmale, von hohen Bäumen gesäumte Straße lenkte. »Ist doch schön ruhig hier und kaum Verkehr. Ideal zum Draußenspielen.«

»Ideal zum Sterben«, knurrte Joe und sah sich um. Die Straße war wirklich ruhig, um nicht zu sagen ausgestorben! Aber was sollte man auch von einer Sackgasse, die Howard's End hieß und neben einem Friedhof entlangführte, anderes erwarten? Die Straße war ja nicht mal geteert, sondern bestand aus unebenen Pflastersteinen, über die der Wagen der Bookmans holperte wie eine alte Pferdedroschke. Und sicher war sie seit den Tagen, als Pferdedroschken an der Tagesordnung und Automobile noch die Ausnahme gewesen waren, auch nicht mehr ausgebessert worden. Der schmale Bürgersteig war an vielen Stellen von den Wurzeln der großen Eichen aufgebrochen, die wie stumme Wächter die Straße säumten. Ihre gewaltigen Kronen reichten quer über die Fahrbahn und die knorrigen Äste griffen ineinander, als wollten sie einander festhalten. Auf der rechten Seite standen nur sehr wenige Häuser, die alle alt und verlassen wirkten. Auf der linken Seite grenzte eine mannshohe und an vielen Stellen beschädigte Backsteinmauer die Straße vom Friedhof ab. Manche Leute hätten Howard's End vielleicht als *idyllisch* oder sogar *romantisch* bezeichnet, aber auf Joe wirkte seine neue Heimat bloß finster und bedrohlich.

»Also ich finde es schön hier«, verkündete seine Mom vom Beifahrersitz und schenkte ihrem Mann ein Lächeln.

»Klar ist es schön hier«, murmelte Joe. »Schön tot.«

»Jetzt ist aber Schluss, Jonathan«, sagte sein Vater streng. »Ihr habt das Haus noch nicht mal gesehen und seid schon am Meckern!«

»Ich nicht«, widersprach Rebecca.

»Du findest es also auch romantisch?«, fragte Mom.

»Aber ja«, erwiderte Rebecca. »Genauso romantisch wie die Toten, die da drüben in ihren Gräbern liegen und vermodern.«

Da konnte sich auch Joe das Grinsen nicht verkneifen.

Das Haus mit der Nummer achtzehn passte sich in das Straßenbild perfekt ein. Efeuranken wanden sich an der dunklen Fassade bis in den ersten Stock empor und aus dem schrägen Dach reckte sich ein Backstein-Schornstein in den Himmel. Ein halbrundes Fassadenteil führte vom Grund bis unters Dach und beherbergte vermutlich einen Kaminschacht. Die mit Fensterkreuzen versehenen Schei-

ben waren hoch und schmal und erinnerten Joe an einen Film über das vergangene Jahrhundert, den er mal im Fernsehen gesehen hatte. Dort hatte es ein Haus mit ganz ähnlichen Fenstern gegeben, aus denen sich reihenweise Leute in den Tod gestürzt hatten.

Eine verwitterte Holztreppe führte über eine schmale Veranda zu einer massiven Tür, an der ein schwerer bron-

zefarbener Türklopfer in Form einer Drachenklaue befestigt war. Der von der Straße durch eine Hecke abgetrennte Garten war etwas verwildert. Vor dem Haus stand eine knorrige Eiche, die das Dach des einstöckigen Gebäudes um einiges überragte.

Jack Bookman lenkte den Wagen in die Parkbucht neben dem Eingangsbereich und die Familie stieg aus. Die Fahrt von Bristol nach London hatte zwar nur knapp drei Stunden gedauert, aber bei der sommerlichen Hitze war es im Kombi zunehmend ungemütlich geworden, zumal dummerweise auch noch die Klimaanlage vor ein paar Tagen ausgefallen war und die Werkstatt sie auf die Schnelle nicht mehr hatte reparieren können. Joe war verschwitzt und müde.

»Und?«, fragte Sara Bookman, als ihre Kinder das Haus in Augenschein nahmen. »Was sagt ihr dazu?«

»Sieht groß aus«, stellte Rebecca anerkennend fest. »Aber wenn es innen genauso alt ist wie außen ...«

»Aber nein«, lachte Dad und ließ die Tür des Kombis ins Schloss fallen. »Innen drin ist alles frisch renoviert und tipptopp. Mom und ich haben die Außenfassade nur so gelassen, weil wir sie so schön finden. Hat doch ein bisschen was von einem verwunschenen Schloss, oder, Darling?« Er legte den Arm um die Taille seiner Frau und betrachtete zufrieden ihr neues Zuhause.

Joe wandte sich ab und sah die Straße hinauf. Ganz am Ende stand ein einzelnes Haus, das von einem schmiedeeisernen hohen Zaun umgeben war. Es wirkte um einiges größer als die anderen Villen der Straße und noch viel älter – als hätte es nicht bloß hundert, sondern mindestens schon dreihundert Jahre auf dem Buckel.

»Und wer wohnt dahinten?«, fragte er. »Graf Dracula?«

»Ein Junge, soweit ich weiß«, antwortete seine Mutter und wuschelte Joe über den Kopf.

»Ein Junge?«, fragte Rebecca neugierig. »Mit seinen Eltern?«

Sara Bookman zuckte mit den Schultern. »Ich weiß nur von einem Jungen. Sonst nichts.«

»Das könnt ihr alles in den kommenden Tagen herausfinden«, sagte Dad und klatschte in die Hände. »Jetzt gehen wir erst einmal rein und sehen uns unser neues Zuhause an. Auf geht's!« Er sprintete über die Treppe auf die Veranda und öffnete die Tür. »Hereinspaziert!«, rief er wie ein Zirkusdirektor und verschwand im Inneren. Joe verdrehte die Augen, bevor er seiner Mutter und Rebecca folgte.

Das Haus war nicht so schlecht, wie Joe es nach den Erzählungen seiner Eltern befürchtet hatte. Im Erdgeschoss öffnete sich hinter einer schmalen Diele ein geräumiges Wohnzimmer, an das sich eine großzügige Küche anschloss. Hinter der Küche führte ein kleiner Flur zu einem weiteren Raum, den Dad als Arbeitszimmer in Beschlag genommen hatte. Als Schriftsteller arbeitete Jack Bookman zu Hause und brauchte einen Ort, an dem er ungestört schreiben konnte.

Im ersten Stock waren das Schlafzimmer der Eltern, ein Gästezimmer und die beiden aneinandergrenzenden Kinderzimmer untergebracht. Das stellte eine handfeste Verbesserung dar, musste Joe zugeben, denn in der alten

Wohnung hatten er und Rebecca sich ein Zimmer teilen müssen, was ihm zunehmend auf die Nerven gegangen war. Schließlich waren sie keine Kleinkinder mehr. Joe war gerade dreizehn geworden, seine Schwester war fast genau ein Jahr jünger. Es war gut, dass jetzt jeder sein eigenes Zimmer bekam, fand Joe. Auch, wenn man aus seinem direkt auf den gegenüberliegenden Friedhof sah.

»Warum müssen wir überhaupt umziehen«, hatte er seine Eltern in den vergangenen Wochen immer wieder gefragt. »Mom kann doch pendeln! Machen andere Eltern auch.«

Seine Mutter hatte einen neuen Job als Anwältin in einer Kanzlei gefunden. Allerdings nicht in Bristol, wo sie gewohnt hatten, sondern in London, rund zweihundert Kilometer entfernt.

»Täglich vierhundert Kilometer fahren ist zu teuer und zu anstrengend«, hatte Dad erklärt. »Die andere Möglichkeit ist, dass Mom nur noch am Wochenende nach Hause kommt. Und ich kann mir nicht vorstellen, dass du und deine Schwester das gut finden würden.«

Das leuchtete Joe natürlich ein. Trotzdem war es ihm schwergefallen, Abschied von seiner alten Umgebung und von seinen Freunden zu nehmen.

Nachdem Joe einen Blick aus dem Fenster geworfen hatte, sah er sich in seinem neuen Zimmer um. Im Moment herrschte noch ein ziemliches Durcheinander. Die Umzugshelfer hatten nur das Bett, ein Bücherregal und einen Kleiderschrank an ihre Plätze gestellt. Der Rest war noch in zahlreichen Kartons verpackt. Trotzdem war Joe überrascht, wie groß und hell der Raum wirkte. Die Decke war mindestens drei Meter hoch und rundherum mit Stuck verziert. Die großen Fenster saugten die Sonnenstrahlen förmlich in den Raum hinein und fluteten ihn mit strahlendem Licht. So ein Zimmer hatte er nicht erwartet. Joe lächelte.

»Und?«, fragte Dad, der den Kopf zur Tür hereinsteckte. »Zufrieden?«

Joe nickte. »Das Zimmer ist riesig. Und alles ist neu!«

»Wir haben es weiß streichen lassen, damit es noch größer wirkt«, erklärte sein Vater. »Und den Baum vor dem Fenster haben wir an der Seite etwas stutzen lassen, damit mehr Licht hereinkommt.« Er bahnte sich einen Weg zwischen den Kartons hindurch zu einem der Fenster und sah hinaus. Joe folgte ihm. »Ist das nicht ein toller Ausblick?«

Erst jetzt nahm Joe bewusst wahr, dass Howard's End an einem Abhang lag. Jenseits der Backsteinmauer fiel der Friedhof terrassenförmig ab. Weit dahinter sah man das Wasser der Themse silbern in der Abendsonne leuchten. Doch Joes Blick blieb an den dunklen Grabsteinreihen hängen.

»Und was ist mit dem Friedhof?«, fragte er.

»Was soll damit sein?«

»Er sieht etwas ... bedrohlich aus.« Joe schluckte. »Und wenn ich mir überlege, dass dort überall Leichen rumliegen.«

»Irgendwo müssen die Toten ja begraben werden«, sagte Dad schulterzuckend.

»Ja, aber warum ausgerechnet hier, wo wir wohnen?«

»Der Friedhof war vor uns da«, erklärte Jack Bookman und schlenderte wieder zur Tür. »Und an Toten ist eigentlich nicht Unheimliches. Jeder von uns stirbt irgendwann. So ist das nun einmal.« Er warf Joe ein Lächeln zu. »Aber du brauchst keine Angst zu haben, Jonathan, es gibt keine Zombies oder Untoten, die sich dort drüben herumtreiben. Wer tot ist, wird begraben, und das war's. Ende der Geschichte.« Damit verließ er das Zimmer.

Na hoffentlich, dachte Joe und drehte sich wieder zum Fenster. Unten auf der Straße holperte eine schwarze Limousine vorüber. Die Scheiben waren getönt, sodass man nicht sehen konnte, wer sich darin befand. *Sind sicher irgendwelche halbadeligen Friedhofsbesucher,* dachte Joe, *die keine Lust haben, sich von den Leuten begaffen zu lassen.*

Doch als der Wagen nur eine Minute später in entgegengesetzter Richtung erneut vorüberfuhr, wunderte er sich. *Sieht aus, als würden sie etwas suchen. Aber was gibt's hier schon außer alten Häusern und modernden Leichen?* Joe beobachtete die Limousine, bis sie aus seinem Blickfeld verschwunden war, dann wandte er sich den Kartons zu. Er hatte keine Eile, das Chaos in seinem Zimmer zu beseitigen. Ganz im Gegenteil: Er wollte sich so viel Zeit mit dem Einräumen lassen, wie es eben brauchte. Außerdem fehlten sowieso noch einige Möbelstücke, die nicht mehr rechtzeitig hatten geliefert werden können: ein Schreibtisch, ein Nachtschrank und ein Schubladenschrank für Kleinteile.

Joe überlegte, welchen Karton er zuerst auspacken sollte. Vielleicht die Comics? Oder die Bücher? Oder sollte er mit seiner *Star-Wars*-Sammlung beginnen ...

TOCK – TOCK – TOCK!

Er zuckte zusammen. Was war das?

TOCK – TOCK – TOCK!

Klang wie das Schlagen auf etwas Festes, vielleicht Stein. Machte sich da etwa jemand an der Friedhofsmauer zu schaffen? Oder hämmerte an einem der Grabsteine herum?

Joe ging zum Fenster, doch er konnte keine Menschenseele entdecken. Vielleicht hatte er sich das Klopfen nur eingebildet?

TOCK – TOCK – TOCK!

Nein, da war es wieder. Und es kam auch nicht von draußen, sondern von der Wand. Joe schlich zwischen zwei Kartonstapeln hindurch und legte sein Ohr gegen die frisch gestrichene Tapete. Da war etwas, ganz leise nur. Eine Art Schaben. Joe presste das Ohr fester an die Tapete. Ein paar Sekunden lang war alles still, dann ertönte das Rascheln und Schaben erneut. Es klang, als würde sich etwas durch die Wände schieben. Joe wich zurück und starrte ungläubig die Tapete an, die sich plötzlich nach außen wölbte, als würde sich ein gewaltiger Körper von innen gegen sie stemmen. Und dann ...

RITSCH – RUMS!

... riss ein koffergroßes Stück Tapete aus der Wand und krachte auf den Boden. Staub wirbelte auf. Eine Hand wedelte in ihm herum, begleitet von Husten; einem Husten, der Joe bekannt vorkam. Er ging in die Knie. In der Wand prangte ein gezacktes Loch. Und in dem Loch hockte Rebecca.

»Was machst du da?«, fragte Joe entsetzt.

»Ich habe einen Geheimgang gefunden«, erwiderte seine Schwester und hustete erneut. »Führt von meinem Zimmer direkt zu deinem. Aber das ist noch nicht alles.«

»Rebecca? Joe?« Das war Dads Stimme. »Alles in Ordnung? Was hat denn da so gerumst?«

»Rebecca…«, rief Joe, doch seine Schwester legte den Finger auf ihre Lippen.

»Da ist noch ein anderer Gang«, flüsterte sie. »Wir finden raus, wohin er führt. Los, komm!«

Damit drehte sie sich um und verschwand in der Dunkelheit. Joe starrte ihr unschlüssig nach.

»Was ist mit Rebecca?«, rief Dad von unten.

»Nichts!«, rief Joe zurück. »Alles in Ordnung. Es ist bloß ein Karton umgefallen.« Er lauschte, und als sich sein Vater mit dieser Antwort offenbar zufriedengab und zurück in sein neues Arbeitszimmer ging, stieg Joe vorsichtig durch das Loch in die Dunkelheit und ließ sich in dem niedrigen Gang auf Hände und Knie fallen. Vorsichtig kroch er Rebecca hinterher.

2

Rebecca?« Es war stockdunkel in dem niedrigen Schacht. Joe konnte die Hand nicht vor den Augen sehen. Hätte er doch bloß eine Taschenlampe mitgenommen. »Rebecca, wo steckst du?«

»HIER!«

Joe schreckte auf und – BONG! – knallte mit dem Kopf gegen die Schachtdecke. Rebeccas Stimme war direkt vor ihm.

»Aua, verdammt!«, fluchte er. »Was soll denn das?«

»Ich antworte doch nur«, erwiderte seine Schwester unschuldig.

»Du hast mich erschreckt«, sagte Joe und rieb sich den Kopf. »Wir müssen zurück und eine Taschenlampe holen. Sonst sehen wir weder, wie es weitergeht, noch finden wir zurück.«

Ein grelles Licht flammte auf – direkt vor seinen Augen. Erschrocken fuhr Joe hoch und – BONG! – stieß sich erneut den Kopf.

»Mann, du kannst auch einfach sagen, dass du eine Taschenlampe hast ...«

»Willst du meckern oder mitkommen?«, fragte Rebecca.

»Natürlich komme ich mit«, sagte Joe und zog seiner Schwester mit einer raschen Bewegung die Lampe aus der Hand. »Aber ich gehe voran.«

»Hey!«, rief Rebecca.

»Nix hey.« Er zwängte sich an ihr vorbei. Missmutig folgte Rebecca ihm.

Der Gang führte erst eine Weile geradeaus und knickte dann im rechten Winkel ab. Nach ein paar Metern endete er an einem Loch, in das eine Leiter hinabführte. Joe leuchtete mit der Taschenlampe hinunter.

»Sieht ganz schön tief aus«, murmelte er. »Was wohl da unten ist?«

»Finden wir es heraus«, sagte Rebecca unternehmungslustig und sich an ihrem Bruder vorbeizudrängeln. Aber Joe hielt sie zurück. »Was, wenn der Gang in der Kanalisation endet? Oder in irgendeiner verseuchten Grube? Vielleicht wurden hier früher Abfälle runtergeworfen und da unten wimmelt es jetzt von Ratten und Käfern und fetten Würmern.«

Rebecca schnupperte. »Also ich riech nichts. Und es würde ja wohl stinken, wenn da unten eine Müllhalde wäre. Also los: Klettern wir runter und sehen nach.«

»Und wenn ein gefährliches Tier da unten lauert? Ein tollwütiger Hund oder eine giftige Schlange?«

Rebeccas Gesicht verfinsterte sich. »Hast du etwa Schiss?«

Joe schnaubte. »Ich? Schiss? Pah!« Er nahm die Taschenlampe zwischen die Zähne, packte die Leiter und betrat die erste Stufe. »Chich checher chochan.«

»Aye, aye, Captain«, sagte Rebecca und deutete mit der Hand einen militärischen Gruß an.

Die Leiter führte senkrecht hinab und Joe fragte sich, hinter welcher Wand im Haus sie sich gerade befanden. Denn es war klar, dass der Schacht, den er und Rebecca hinabkletterten, innerhalb der Gebäudemauern liegen musste. Aber so dicke Mauern hatte ein Haus eigentlich gar nicht. Allerdings war ihre neue Heimat nur von innen aufgefrischt worden, von außen sah das Haus noch genauso aus wie vor hundert Jahren. Und wer weiß, wie die Leute damals gebaut hatten. Möglicherweise lag der Schacht hinter dem halbrunden Fassadenteil an der Vorderseite, den Joe für einen alten Kaminschacht gehalten hatte. Aber wieso führte überhaupt ein Gang durch das Haus? Wer hatte ihn angelegt und wozu? Dass er sich nicht von Anfang an im Mauerwerk befunden hatte, erkannte man daran, wie der Gang angelegt worden war: Er war uneben und führte durch verschiedene Materialschichten, von Mörtel über Backstein bis zu Holz. Hätten die Erbauer des Hauses vorgehabt, einen versteckten Schacht zu bauen, hätten sie das schon während der Planungsphase berücksichtigt. Dieser Gang war ganz offensichtlich im Nachhinein gegraben worden. Die Frage war nur: Wozu?

Nach ein paar Metern erreichten sie den Boden.

»Staubtrocken«, stellte Joe fest, als er den Grund mit der Taschenlampe ableuchtete.

Rebecca grinste. »Sag ich doch.«

»Und wo geht's jetzt weiter?« Joe tastete mit der Lampe

die Umgebung ab. Der Tunnel war hoch genug, dass sie bequem in ihm stehen konnten. Er erstreckte sich zu beiden Seiten.

»Da lang«, sagte Rebecca und zeigte nach links.

»Wieso?«, fragte Joe.

»Wieso nicht?« Seine Schwester zuckte mit den Achseln. Joe seufzte. »Also gut.«

Der Tunnel führte ein paar Meter geradeaus, knickte dann zur Seite ab und endete an einer Geröllwand.

»Endstation«, kommentierte Joe. »Sieht aus, als wäre der Gang hier eingestürzt.«

»Nehmen wir halt die andere Richtung«, schlug Rebecca vor. Sie gingen zurück, passierten die Leiter und folgten dem rechten Teil.

»Ich schätze, wir sind mindestens zehn Meter tief unter der Erde«, sagte Joe. »Aber wozu haben die so ein tiefes Loch gegraben? Und dann noch diesen Tunnel angelegt?«

»Die?«, fragte Rebecca. »Wen meinst du mit *die?«*

»Keine Ahnung«, sagte Joe. »Eben die, die diesen Tunnel gebuddelt haben. Einer alleine wird das ja wohl kaum gewesen sein.«

»Der Graf von Monte Christo hat seinen Tunnel auch alleine gegraben«, gab Rebecca zu bedenken. »Nur mit einem Löffel!«

»Der Graf von Monte Christo ist eine ausgedachte Geschichte, die nichts mit der Wirklichkeit ...«

»Vorsicht!«

Fast wäre Joe gegen die Tür gerannt, die plötzlich vor ihnen aufgetaucht war und den Gang verschloss. Joe leuchtete sie mit der Taschenlampe ab. Die Tür bestand aus massivem Holz, das mit Eisenbeschlägen verstärkt worden war. Das Holz war so dunkel, als hätte es schon ein paar Jahrzehnte auf dem Buckel. Die Tür war schmal und kaum höher, als Joe groß war, und sie hing in einem Rahmen, der sich perfekt in den Gang einpasste und fest in ihm verankert war.

Joe packte den geschwungenen Metallgriff und rüttelte daran. »Abgeschlossen.« Er lehnte sich mit der Schulter gegen die Tür und drückte mit aller Kraft dagegen. »Keine Chance«, ächzte er. »Da kommen wir nicht durch.«

»Nicht ohne Schlüssel«, stellte Rebecca klar und zeigte auf ein altes, leicht verrostetes Türschloss. »Wenn derjenige, der die Tür eingebaut hat, der Besitzer unseres Hauses war und nicht wollte, dass jeder hier durchkann, dann hat er den Schlüssel vielleicht irgendwo im Haus versteckt.«

»Und du denkst, dann ist der Schlüssel immer noch da? Du hast wohl vergessen, dass das Haus von innen renoviert wurde«, gab Joe zu bedenken. »Wenn dabei ein Schlüssel aufgetaucht wäre, hätten sie den doch bestimmt weggeschmissen.«

»Einen Schlüssel schmeißt man doch nicht einfach weg! Sicher haben die Handwerker ihn zu den anderen gelegt. In so einem Haus gibt es ja haufenweise Schlüssel. Vielleicht bewahren Mom und Dad sie irgendwo auf.«

»Das müssen wir checken«, sagte Joe. »Und falls wir den Schlüssel nicht finden, müssen wir die Tür irgendwie anders ...«

»Pst!«

»Was ...?«

Rebecca streckte den Arm aus und presste ihre Hand auf Joes Mund. Joe wollte protestieren, doch dann verstummte er. Denn plötzlich waren Geräusche zu hören – Geräusche, die von der anderen Seite der Tür kamen.

Rebecca nahm die Hand vom Mund ihres Bruders. »Da ist jemand«, flüsterte sie.

»Wer kann das sein?«, flüsterte Joe zurück. Rebecca zuckte mit den Achseln. Sie warteten. Nichts geschah. Auch die Geräusche waren verstummt.

»Ich seh mal nach«, sagte Rebecca leise und beugte sich hinab. Sie kniff das linke Auge zusammen und linste mit dem rechten durch das Schlüsselloch. Ein kaltes Auge starrte ihr entgegen. Erschrocken zuckte Rebecca zurück. Gleich darauf wurde der Griff heruntergedrückt und an der Tür gerüttelt. Dann war es eine Zeit lang still und schließlich hörten Joe und Rebecca, wie sich auf der anderen Seite leise Schritte entfernten.

Joe atmete erleichtert auf. »Wer kann das gewesen sein?«

»Keine Ahnung«, erwiderte Rebecca. »Aber gute Absichten hatte der bestimmt nicht.«

»Wie kommst du darauf?«

»Weil er sonst irgendwas gerufen hätte, *Hallo* oder so. Gibt ja keinen Grund, hier so rumzuschleichen.«

»Na ja, wir tun das ja auch«, sagte Joe und legte die Stirn in Falten. »Was hast du gesehen, als du durchs Schlüsselloch geguckt hast?«

Rebecca schluckte. »Ein Auge. Aber kein normales.« Bei der Erinnerung lief es ihr kalt den Rücken herunter. »Es wirkte irgendwie kalt und starr. So wie das Auge von einem Reptil.«

Joe kam ins Grübeln. »Und wenn der jetzt in unser Haus kommt?«

»Der hat keine Ahnung, wohin unsere Seite des Tunnels führt«, widersprach Rebecca. »Sonst wäre er schon längst bei uns gewesen. Schließlich war das Haus einige Monate lang unbewohnt. Zeit genug, um sich in aller Ruhe umzusehen.«

»Vielleicht war er sogar schon da und hat bloß den Geheimgang nicht gefunden«, überlegte Joe.

»Der Geheimgang interessiert ihn nicht«, vermutete Rebecca. »Der führt ja bloß zu unserem Haus und im Gang selber ist nichts von Wert.« Sie schüttelte den Kopf. »Wer auch immer durch diese Tür will, weiß nicht, wohin der Gang führt und wo er endet.«

»Lass uns zurückgehen«, schlug Joe vor. »Hier lösen wir das Rätsel sowieso nicht. Und wenn Mom und Dad den Gang entdecken, war's das mit unserem Geheimnis. Wir kriechen zurück und tarnen die Zugänge. Wie hast du deinen entdeckt?«

»Da ist ein Gitter an der Wand«, sagte Rebecca. »Unter der Dachschräge. Ich dachte zuerst, dass da so ein kleiner Raum dahinter ist, in dem man Zeug aufbewahren kann. Aber als ich das Gitter abgemacht habe, ging es weiter.«

»Also kannst du das Gitter einfach wieder anbringen und von außen ist nichts zu sehen?«, fragte Joe. Rebecca nickte. »Gut. In meinem Zimmer stellen wir das Regal davor, das verdeckt den Durchbruch. Und dann überlegen wir in Ruhe, was wir tun. Okay?«

»Okay«, sagte Rebecca. Damit machten sie sich auf den Rückweg.

Als Rebecca und Joe aus dem Obergeschoss ins geräumige Wohnzimmer herunterkamen, war Dad gerade damit beschäftigt, den großen Flachbildschirm anzuschließen. Auf dem Rücken liegend hantierte er unter dem Fernsehtisch an den Kabeln herum.

»Wem hat das Haus eigentlich vor uns gehört?«, fragte Rebecca.

»Der Immobilienfirma«, ächzte ihr Vater und versuchte, ein Kabel in die Rückwand des Flatscreens zu stecken.

»Ich glaube, Rebecca meint, wer hier gewohnt hat«, sagte Joe. »Vor uns.«

»Irgendein Verrückter«, gab Dad zurück. »War es nicht so ein komischer Zauberer, der seine Frau loswerden wollte und sie auf der Bühne zersägt hat? Darling?«

»Blödsinn!«, schimpfte Mom, die mit einem Tablett voll dampfender Pizzastücke ins Wohnzimmer kam. »Und du wunderst dich, woher Rebecca ihren schwarzen Humor hat!« Sie blieb vor ihren Kindern stehen und reichte ihnen den Teller. Joe und Rebecca griffen zu. »Soweit ich weiß, hat hier zuletzt der alte Mac gewohnt, bis er gestorben ist.«

»Wer ist der alte Mac?«, fragte Joe.

»Der Friedhofswärter«, sagte seine Mutter.

»Ganz allein in so einem großen Haus?«, wunderte sich Joe und biss von seiner Pizza ab.

Seine Mutter zuckte mit den Schultern. »Es stand ja leer und irgendwo musste er schließlich wohnen. Als dann vor ein paar Jahren die Pflege des Friedhofs an einen professionellen Service übergeben wurde, haben sie ihn hier weiterwohnen lassen. Im Frühjahr ist er dann gestorben.«

»Und wo ist er begraben?«, fragte Joe mit vollem Mund.

»Na wo schon«, meldete sich Dad wieder zu Wort und schob sich unter dem Fernsehtisch hervor. »Auf dem Friedhof natürlich.« Er angelte nach der Fernbedienung auf dem Sessel und schaltete den Fernseher ein. Auf dem Bildschirm schneite es. »Mist«, fluchte er und schob sich wieder unter die Holzkonstruktion.

»Wir wissen nicht, wo er begraben ist«, sagte Sara Bookman. »Vielleicht auf dem Friedhof, vielleicht auch nicht.«

»Und wer hat vor dem Friedhofswärter hier gewohnt?«, fragte Rebecca. Ihre Mutter dachte nach. »Ich glaube, das Haus stand viele Jahre lang leer.«

Rebecca wurde ungeduldig. »Ja, aber *davor* muss doch auch jemand hier gewohnt haben.«

Mom schüttelte den Kopf. »Ich weiß aber beim besten Willen nicht ...«

»Die Angestellten«, rief ihr Mann.

»Ach ja«, erinnerte sich Sara Bookman wieder. »Richtig. Ganz früher haben hier die Angestellten gewohnt. Vom Haus am Ende der Straße.«

»Das, wo Dracula wohnt?«, fragte Rebecca.

Mom lachte. »Es sieht wirklich ein bisschen gespenstisch aus«, gab sie zu. »Aber nur, weil es dort so unordentlich ist. Sobald man einen Garten nicht mehr regelmäßig pflegt, verwildert er. Und schon sieht es aus wie in einem Gruselfilm.«

»Und wieso haben die Angestellten hier gewohnt und nicht drüben?«, fragte Rebecca.

Das Lächeln auf dem Gesicht ihrer Mutter verschwand. »Weiß ich nicht«, sagte sie knapp. »Wir finden alles heraus. Alles zu seiner Zeit. Jetzt müssen wir uns erst einmal einrichten. Montag geht für euch die Schule los und ich fange meine neue Stelle an. Bis dahin sollten wir das Nötigste geschafft haben. Jedenfalls gibt es hier nichts, vor dem ihr euch fürchten ...«

Ein grässliches Geheul ließ sie bis ins Mark erschauern. Mit großen Augen starrten Rebecca, Joe und ihre Mutter zum Fernseher, auf dessen Mattscheibe ein gewaltiger Werwolf sein Maul aufriss und in die Kamera brüllte. Jack Bookman schob sich unter dem Fernsehtisch hervor und setzte sich auf. Mit einem breiten Grinsen verkündete er: »Na bitte, geht doch!«

In dieser Nacht träumte Joe von einem Werwolf. Er hockte auf einem Hügel zwischen den Gräbern und heulte zum Mond. Zuerst bekam Joe es mit der Angst zu tun. Dann fiel ihm auf, dass die Bestie ziemlich große Ähnlichkeit mit dem Werwolf aus dem Fernsehen vom Abend zuvor hatte. Also musste es ein Traum sein, und als Joe das bewusst wurde, machte sich der Wolfsmensch aus dem Staub.

WUUUUUUAAAAHHHH ...

Joe fuhr hoch und saß senkrecht im Bett. Das war kein Traum mehr, das war echt! Hektisch sah er sich in seinem Zimmer um. Fahles Mondlicht flutete den Raum, die Kartonberge warfen lange Schatten. Wo steckte die Bestie nur? Hatte sie sich versteckt? Lauerte sie unterm Bett?

WUUUUUUAAAAHHHH ...

Joes Atem ging schneller, sein Herz schlug wild. Aber eins konnte er nun mit Sicherheit sagen: Das Brüllen kam von draußen. Joe stand auf und schlich zum Fenster, das wegen der warmen Temperaturen offen stand. Howard's End lag wie ausgestorben da. Das Mondlicht zwängte sich durch das Blätterdach der alten Eichen und verwandelte die Straße in einen Flickenteppich aus Licht und Schatten. Ein seichter Wind brachte die schweren Äste zum Schwingen.

Joe starrte zum Friedhof auf der gegenüberliegenden Seite. Doch er konnte nichts Ungewöhnliches entdecken. Dafür hörte er umso mehr: ein Hecheln und Schnüffeln, als würde ein Tier etwas suchen. »Zeig dich schon«, murmelte Joe und spürte ein Kribbeln in seiner Nase. *Ich weiß doch, dass du da bist. Ich weiß nur nicht, was du bist. Also zeig dich, damit ich wieder schlafen ...*

HATSCHI!

Joe drehte sich zur Seite und presste sich mit dem Rücken an die Wand neben dem Fenster. Sein Herz raste. Wieso musste er auch ausgerechnet jetzt niesen? Joe lauschte, doch es war ganz still. Wahrscheinlich war es bloß ein streunender Hund gewesen, der sich genauso erschrocken hatte wie Joe selber. *Kein Grund zur Panik,* versuchte er, sich zu beruhigen, drehte sich wieder zum Fenster und sah hinüber zur Friedhofsmauer. Zwei funkelnde Augen starrten ihn an. Wie rot glühende Kohlen durchdrangen sie das Dunkel. Joe war wie gelähmt. Starr vor Schreck stand er da und beobachtete, wie die Augen langsam näher kamen. Begleitet von einem grimmigen Brummen schälte sich eine Silhouette aus dem Dunkel, ein schwerer, massiger Körper, der nur entfernt an einen Hund erinnerte. Joe ließ sich fallen und biss sich auf die Faust, damit er nicht laut aufschrie. Das war niemals ein Hund! Das war ein Wolf. Ein Werwolf! Und er hatte Joe gesehen!

»Ich bin auf der Suche«, sagte in diesem Moment eine Stimme und Joe wäre erneut vor Schreck fast gestorben. Doch diesmal war es bloß Rebecca, die in ihrem Nachthemd in seiner Tür stand und ihn mit leerem Blick betrachtete.

»Runter!«, zischte Joe und machte ihr ein Zeichen, dass sie sich ducken sollte. »Da draußen ist ein Werwolf!«

Doch Rebecca dachte gar nicht daran. Bedächtig schritt

sie zum Fenster und blickte hinaus. »Auf der Suche nach dem, der ewig ist.«

»Was redest du denn da«, flüsterte Joe. »Geh weg vom Fenster, sonst sieht er dich.«

»Auf dem Friedhof schlafen nur die Toten«, erwiderte Rebecca mit einem seltsamen Singsang in der Stimme. Joe rappelte sich auf und lugte vorsichtig über das Fensterbrett. Die Augen waren verschwunden. Er atmete auf.

»Und ich halte Wacht«, murmelte Rebecca. »Denn der ewig war, kommt nun zurück, hat nur geschlafen und ist jetzt wach.«

Joe lief ein kalter Schauer über den Rücken. Rebeccas Stimme klang richtig gruselig.

»Wovon redest du?«, fragte er. »Wer kommt zurück? Wer hat nur geschlafen?«

Plötzlich riss Rebecca die Augen weit auf und ihr Blick wurde klar. »Wo bin ich?«, fragte sie verwirrt und Joe begriff, dass sie geschlafwandelt hatte.

»Alles in Ordnung«, sagte er beruhigend. »Ich bringe dich wieder in dein Bett.« Er führte seine Schwester zurück in ihr Zimmer und legte sie ins Bett, wo sie sofort in tiefen Schlaf fiel.

Zurück bei sich warf Joe noch einen Blick zum Friedhof hinüber. Verlassen lag er da, nichts rührte sich, kein Geräusch war zu hören. Joe legte sich ins Bett.

Bestimmt war es bloß ein streunender Hund, dachte er und schloss die Augen. *Bloß ein streunender Hund.*

3

Am Montagmorgen war die Metro Richtung Londoner Innenstadt rappelvoll. Schüler, Geschäftsleute und Touristen drängten sich in den Waggons wie Sardinen in der Dose. Joe dachte sehnsüchtig an Bristol zurück, wo er und Rebecca immer gemütlich mit dem Fahrrad zur Schule geradelt waren. Hier in der Bahn war es warm und stickig. Zum Glück war die Fahrt zur neuen Schule nicht allzu lang.

Nachdem sie die Tower Bridge passiert hatten, erreichten die Geschwister ein paar Minuten später die Station St. Paul's, wo sich ihre Wege trennten: Joe ging Richtung Süden zur City of London School for Boys, die direkt an der Themse lag, Rebeccas Weg führte in die entgegengesetzte Richtung zur City of London School for Girls in der Nähe des Barbican Center.

Joe hatte sich vorgenommen, den ersten Tag ganz relaxed zu sehen und erst mal in Ruhe die Lage zu checken. Doch gleich in der ersten großen Pause kam eine Clique von drei Jungs auf ihn zugeschlendert. Sie gingen in Joes Klasse und saßen in der letzten Reihe. Der große hieß Kevin und die anderen beiden Mike und Robin, wenn Joe sich richtig erinnerte.

»Ihr wohnt in Howard's End?«, eröffnete Robin das Gespräch und betrachtete Joe ungläubig. »Ist das nicht beim alten Friedhof?«

»Ey logo«, sagte Kevin. »Howard's End ist da, wo dieser Alex wohnt, dem die Eltern ... na, ihr wisst schon.« Mike und Robin nickten stumm.

»Alex?«, fragte Joe interessiert. »Wer ist das? Und was ist mit seinen Eltern?«

»Das weißt du nicht?« Kevin verdrehte die Augen. »Alter, das weiß doch hier jeder. Dieser Alex ist früher auch auf diese Schule gegangen. Und seine Eltern sind ...« Er zog den Finger über seinen Hals.

Joe stockte der Atem. »Tot?«

»Nicht nur tot, sondern umgebracht«, bestätigte Mike. »Als Alex gerade im Kino war. Mit diesem Einstein.«

»Ich hab gehört, dass er in seinem Zimmer Filme geglotzt hat«, sagte Kevin. »Während unten die Typen eingebrochen sind und kurzen Prozess mit seinen Alten gemacht haben.«

»Was denn für Typen?«, fragte Joe irritiert.

»Einbrecher«, antwortete Robin. »Die wollten wohl die Bude ausrauben.«

»Da sind die Eltern von diesem Irren dazwischengegangen und zack – ham se die umgenietet«, sagte Mike. »Mit 'ner Knarre.«

»Mit 'ner Axt«, korrigierte Kevin, aber Mike winkte ab.

BANG!

»Is' doch wurscht. Jedenfalls sind sie tot. Und schuld ist ihr Sohn. Weil er so tierisch laut Filme geglotzt hat.« Er spuckte auf den Boden. »Deshalb hat er ihre Schreie nicht gehört. Sonst hätte er ja die Polizei rufen können und dann ...« Er schnippte mit den Fingern. »... wären seine Eltern noch am Leben.«

Die Pausenglocke schrillte und die Jungs machten sich auf den Rückweg in ihre Klasse. Joe ging nachdenklich hinter den anderen her. Er wusste nicht, was er von dem Gespräch halten sollte.

Nach der Schule trafen sich Joe und Rebecca in der Cheapside, einer belebten Straße, die etwa auf der Hälfte des Wegs zwischen ihren Schulen lag. Neben Bürogebäuden und Einkaufsläden gab es dort auch viele Restaurants, und weil ihr Vater nicht gerne kochte, hatte er seinen Kindern kurzerhand Geld für ein Schnellrestaurant mitgegeben – das Joe und Rebecca der Schulkantine natürlich vorzogen. Sie wählten das *Burger to go,* das sie schon von einem früheren Besuch der St. Paul's Cathedral her kannten, die nur einen Block entfernt lag. Joe nahm einen Chickenburger, Fritten und Limo, Rebecca zwei Singlewhopper und einen Eistee. Mit ihren Tabletts setzten sie sich ans Fenster und ließen es sich schmecken.

»Die sagen, die Eltern von diesem Alex sind umgebracht worden«, erzählte Joe zwischen zwei Bissen die Neuigkeiten, die er in der Pause aufgeschnappt hatte. »Aber sie können sich nicht darauf einigen, wie.«

»Ich hab gehört, es ging um Gold«, erwiderte Rebecca.

»Was? Reden die bei dir etwa auch davon? Muss ja echt eine große Sache gewesen sein, wenn die halbe Stadt davon spricht.«

»Na ja, diese Cathy in meiner Klasse hat wohl einen Bruder auf deiner Schule und der hat ihr das alles erzählt, behauptet sie.«

»O.k., und wieso ging es um Gold?«

»Die Eltern waren wohl so was wie Goldschürfer und haben einen ziemlichen Batzen davon zusammengekratzt. Wie sonst hätten sie sich auch so ein Riesenhaus leisten können. Jedenfalls hat die Polizei später nichts von dem Gold gefunden. Das haben die Einbrecher mitgenommen. Und geholfen hat ihnen sehr wahrscheinlich der Diener.«

»Was für ein Diener?«, fragte Joe.

»Einstein oder so.« Rebecca nahm einen Schluck von ihrem Eistee. »Der hat für die Familie gearbeitet. Und es wird auch gemunkelt, dass er die Diebe ins Haus gelassen hat. Er ist also für den Tod von Alex' Eltern verantwortlich.«

»Und wo ist er jetzt?«, fragte Joe und angelte sich ein paar Fritten.

»Alexander?«

»Der Diener.«

»Wohnt immer noch im Haus.« Rebeccas Stimme nahm einen unheilvollen Klang an. »Zusammen mit Alexander.«

Joe zog die Stirn kraus. »Wieso ist er nicht im Gefängnis?«

»Weil man ihm nichts nachweisen kann. Und er hält Alexander in dem Haus gefangen. Der darf nämlich nicht zur Schule gehen.«

»Nicht zur Schule?«

Rebecca schüttelte den Kopf. »Der darf das Haus sowieso fast nie verlassen.«

»Wieso greift da niemand ein?«, wunderte sich Joe. »Die Polizei oder die Schule selbst? Ich dachte immer, jeder muss zur Schule gehen, notfalls mit Gewalt.«

Rebecca zuckte mit den Achseln. »Wahrscheinlich hat dieser Diener das alles so gedeichselt. Was weiß ich.«

»Klingt alles nach einer echt merkwürdigen Story.« Joe starrte nachdenklich vor sich hin. Dann widmete er sich wieder seinem Burger. Genussvoll biss er ab und fragte dann mit vollem Mund: »Erinnerst du dich noch an letzte Nacht?«

»Was war denn letzte Nacht?«, fragte Rebecca.

»Du hast geschlafwandelt.«

»Bin ich nicht.«

Joe schob den letzten Rest des Burgers in seinen Mund und leckte sich die Finger ab. »Und dabei hast du komisches Zeug geredet: *Er kommt zurück, der ewig war,* und so. Was bedeutet das?«

»Keine Ahnung«, sagte Rebecca und schlürfte ihren Eistee.

Aber Joe ließ nicht locker. »Erinnerst du dich denn an gar nichts mehr?«

Seine Schwester ließ sich seufzend in ihren Sitz zurückfallen. »Nein, tu ich nicht. Vielleicht hast du das ja bloß geträumt.«

»Ne, ganz bestimmt nicht«, widersprach Joe und stand auf. »Ich hol mir noch ’nen Burger.« Er schlenderte zum Verkaufstresen und gab seine Bestellung auf. Während er darauf wartete, dass der Burger in der Küche zubereitet wurde, sah er, wie zwei Männer das Restaurant betraten. Sie waren breitschultrig und komplett in Schwarz gekleidet. Der größere der beiden trug einen langen, schmalen Bart am Kinn, der Joe an einen Ziegenbart erinnerte. Der kleinere grinste so breit, dass man seine schiefen Zähne sehen konnte. Sie trugen Sonnenbrillen und sahen aus, als kämen sie direkt aus einem Mafiafilm. Joe wich unweigerlich ein wenig zurück, als sie sich an die Kasse neben ihm stellten.

»Logisch ist da Parkverbot«, schnarrte der kleine mit einer seltsam hohen Stimme. »Und wenn wir abgeschleppt werden, ist das verdammt noch mal deine Schuld.«

»Halt endlich die Klappe«, herrschte ihn der große an und widmete sich dem Angebot auf der elektronischen Anzeige über dem Tresen.

Eine Bedienung kam lächelnd näher. »Was darf's sein?«

»Haben Sie auch Tripleburger?«, fragte der Mann mit dem Ziegenbart.

Die junge Frau in der braunen Restaurant-Uniform schüttelte den Kopf. »Wir haben nur Single und Double, tut mir leid.«

»Dann nehme ich zwei Singles und zwei Doubles und mach mir die Triple selber«, brummte der Ziegenbart und drehte sich zu seinem Kumpel. »Und du?«

»Riesenpommes und 12er-Chickenwings«, schnarrte der. »Und für den Meister einen Salat und 'ne Diät-Cola.«

»Bist du irre?«, fuhr ihn der Ziegenbart unvermittelt an. »Tickst du nicht mehr richtig?« Dann drehte er sich um und entdeckte Joe am Tresen neben sich.

»Was glotzt du so?«, herrschte er ihn an.

Joe schüttelte rasch den Kopf. »Nichts«, murmelte er. In diesem Augenblick kam eine weitere Bedienung und reichte ihm seinen Burger. Joe nahm ihn entgegen und wandte sich schnell ab. Er konnte gerade noch hören, wie der Ziegenbart seinem Kollegen drohte: »Wenn du noch einmal in der Öffentlichkeit den Chef erwähnst, stopf ich dir dein verdammtes Maul, kapiert?«

Joe hatte ein ziemlich mulmiges Gefühl, als er zu Rebecca an den Tisch kam. »Lass uns gehen«, sagte er.

»Willst du nicht erst deinen Burger essen?«, fragte seine Schwester überrascht.

»Mir ist der Appetit vergangen«, erwiderte Joe und nahm seinen Rucksack. Mit großen Schritten hastete er Richtung Ausgang. Rebecca folgte ihm verwundert. Als Joe die Tür öffnete, schielte er noch einmal zu den beiden Männern am Tresen. Der Mann mit dem Ziegenbart fixierte ihn und Rebecca und schien nur darauf zu warten, dass die beiden das Restaurant verließen. Hastig schlug Joe die Tür hinter ihnen zu.

»Was war denn los?«, fragte Rebecca, als sie und ihr Bruder die Cheapside entlang Richtung St. Paul's gingen.

»Diese beiden Typen«, erwiderte Joe. »Die waren irgendwie unheimlich. Und der eine hat was von einem *Meister* gefaselt.«

»Meister?«, fragte Rebecca. »Was für ein Meister?«

»Ich glaube, er meinte seinen Chef«, antwortete Joe. »Und dem anderen war es gar nicht recht, dass ich das mitbekommen habe.« Er seufzte. »Jedenfalls bin ich froh, dass wir raus sind. Lass uns nach Hause fahren. Für heute habe ich genug von der City.«

»Ja, lass uns dahin fahren, wo wir hingehören«, sagte Rebecca und fügte mit Grabesstimme hinzu: »Ins Haus neben dem Friedhof.« Und dann mussten beide lachen.

Auf dem Weg zurück war die Metro viel leerer als auf dem Hinweg. Ein paar Schüler, die Joe vom Pausenhof wiedererkannte, saßen in einer Ecke und scrollten auf ihren Smartphones herum. Eine junge Frau mit übergroßen Kopfhörern hörte Musik und ein Bettler schlurfte mit einem Pappbecher von einem zum anderen und fragte nach Kleingeld. Joe und Rebecca waren froh, Sitzplätze zu haben, denn der erste Schultag hatte sie mehr geschafft, als sie erwartet hatten. An der Station *Canada Water* stiegen die beiden aus und gingen zu Fuß nach Howard's End, das nur ein paar Minuten entfernt lag.

»Meinst du, Dad ist zu Hause?«, fragte Rebecca, als sie in die Sackgasse einbogen.

»Keine Ahnung«, erwiderte Joe. »Wieso fragst du?«

»Wenn er nicht da ist, können wir nach dem Schlüssel suchen«, sagte Rebecca. »Ich will unbedingt rauskriegen, was sich hinter dieser Tür verbirgt und wer der Kerl war, der durchs Schlüsselloch geguckt ...«

Joe blieb abrupt stehen.

»Was ist?«, fragte Rebecca.

Joe zeigte stumm zu ihrem neuen Haus, das nur noch knapp fünfzig Meter entfernt war. An der Haustür stand ein Mann mit grauer Jacke und betätigte die Klingel.

»Wer ist das?«, fragte Rebecca.

»Keine Ahnung«, erwiderte Joe. »Macht aber keinen besonders freundlichen Eindruck, der Typ. Sieh dir das an!«

Der Mann auf der Veranda klingelte erneut, packte dann den Türklopfer und hämmerte damit gegen die Tür.

»Was will der von uns?«, murmelte Rebecca. In diesem Augenblick sah sich der Fremde suchend um. Joe zog Rebecca schnell hinter eine dicke Eiche – gerade noch rechtzeitig, bevor der Mann in ihre Richtung sah.

»Mann, was ist hier eigentlich los«, schimpfte Joe leise. »Erst das Werwolf-Geheule letzte Nacht, dann die finsteren Typen im Restaurant und jetzt auch noch dieser komische Kauz.«

»Was für ein Werwolf?«, fragte Rebecca.

Aber Joe antwortete nicht, sondern beobachtete das Geschehen an der Haustür. Der Mann auf der Veranda klopfte und klingelte weiter, dann rief er laut: »Hallo.«

»Der will rauskriegen, ob jemand zu Hause ist«, flüsterte Joe.

»Vielleicht ist das der Kerl aus dem Tunnel«, überlegte Rebecca.

»Dann versucht er bestimmt gleich einzubrechen«, vermutete Joe. »Wahrscheinlich wird er ... was macht er denn jetzt?«

Der Mann öffnete den Briefschlitz im unteren Drittel der Tür und steckte etwas hinein. Dann drehte er sich um und tänzelte die Verandatreppe herunter.

»Das darf doch nicht wahr sein«, stieß Joe aus und rannte los. Rebecca zögerte nur kurz, dann folgte sie ihm.

Der Mann verließ das Grundstück und stieg auf das Fahrrad, das am Zaun lehnte. »Hey!«, rief Joe, noch bevor er ihn erreicht hatte.

Der Mann sah ihn verwundert an. »Meinst du mich?«

»Ja«, sagte Joe, als er und Rebecca keuchend vor ihm stoppten. »Sie sind der Postbote, nicht wahr?«

Der Mann nickte. »Richtig.«

»Und wir wohnen hier«, erklärte Joe. »Haben Sie etwas für uns?«

Die Gesichtszüge des Postboten hellten sich auf. »Kann man so sagen.« Er beugte sich zu seiner Tasche, die vor ihm am Rad befestigt war, und zog einen Brief hervor.

»Das ist ein Einschreiben«, sagte er. »Das darf ich nicht einfach in den Briefkasten werfen, sondern brauche eine Unterschrift. Könnt ihr es annehmen?«

»Na klar«, antwortete Rebecca.

Der Briefträger zog ein elektronisches Gerät hervor, tippte ein paar Nummern ein, hielt Joe dann einen Plastikstift entgegen und reichte ihm das Display.

»Ich dachte schon, ich werde es heute nicht mehr los. In der ganzen Straße hat niemand aufgemacht. Und so ein Einschreiben ist ja meistens wichtig«, sagte er, während Joe unterschrieb. »Da wollte ich lieber alles versuchen, bevor ich es wieder mitnehme.«

»Für wen ist es denn?«, fragte Rebecca. »Für Mr oder Mrs Bookman?«

Der Postbote verstaute das Gerät in seiner Tasche und überreichte Joe den Brief.

»Weder noch«, sagte er. »Es ist für Mr Alexander Mercurius. Der wohnt im Haus am Ende der Straße.«

Nachdem sie die Haustür hinter sich geschlossen hatten, nahm Rebecca das Einschreiben sofort unter die Lupe. »Der Umschlag sieht ziemlich alt aus«, stellte sie mit Kennermiene fest. »Die Adresse ist mit Schreibmaschine getippt. Und verschlossen ist der Brief mit einem Wachssiegel.« Sie hob den Kopf. »So was benutzt doch heute kein Mensch mehr! Es sieht aus, als sei der Brief hundert Jahre alt.«

Joe hob eine bunte Postkarte vom Boden auf, die der Postbote anscheinend kurz zuvor durch den Briefschlitz geworfen hatte. Sie war von Aunt Rose, die gerade Urlaub in Spanien machte. »Ist bestimmt so eine Art Spiel«, sagte er. »Und der Brief ist absichtlich auf alt gemacht.« Er legte die Postkarte auf das Schränkchen neben der Garderobe. Dabei fiel sein Blick auf einen Zettel, der dort lag. »Dad ist im Baumarkt und gegen fünf wieder zurück«, überflog er den knappen Inhalt. Er sah auf die Uhr an seinem Handgelenk. »Wir haben also eine halbe Stunde Zeit, den Schlüssel zu suchen. Auf geht's!«

Rebecca nahm sich das Wohnzimmer vor, Joe die Küche. Falls der Schlüssel bei der Renovierung des Hauses gefunden und ihren Eltern übergeben worden war, hatten sie ihn sicher an irgendeinen Platz getan, der ihnen sinnvoll erschienen war. Ihr Vater hatte die Angewohnheit, Dinge, von denen er nicht wusste, wohin sie gehörten, in Schubladen zu legen, wo er sie dann vergaß. Also widmete sich Joe zuerst den Küchenschränken und durchsuchte eine Schublade nach der anderen. Ohne Erfolg. Er sah die Schränke mit dem Geschirr durch, durchstöberte die Vorratskammer und warf sogar einen Blick in den Brotkasten. Aber einen Schlüssel fand er nicht.

Gerade wollte er die Suche im Arbeitszimmer seines Vaters fortsetzen, als ihn ein Geräusch aus dem Wohnzimmer zurückhielt: ein lautes Knacken, als würde Holz zersplittern.

Schnell lief Joe in den Nachbarraum. Seine Schwester lag bäuchlings auf dem Boden und hielt ein Stück Fußleiste in der einen Hand, während ihre andere in einem Loch in der Wand steckte. Joe erstarrte.

»Bist du verrückt?«, rief er aus. »Du machst ja alles kaputt! Die Fußleiste war frisch renoviert. Wenn das Mom und Dad sehen ...«

Doch statt zu antworten, schob seine Schwester ihren Arm nur noch tiefer in die Öffnung hinein. Ihr Gesicht war vor Anstrengung ganz rot. »Ich hab's gleich«, ächzte sie. »Gleich ... hab ... ich's ...«

Mit einem Ruck versuchte Rebecca, noch tiefer zu gelangen, doch im selben Augenblick schrie sie auf. Dann hörte man, wie etwas polternd einen Schacht hinter der

Wand herunterfiel. Rebecca zog den Arm aus dem Loch. Ihre Haut und ihr Shirt waren total verdreckt.

»War das der Schlüssel?«, fragte Joe. Rebecca rappelte sich auf. »Ich weiß nicht. Möglich. Aber was auch immer es war: Jetzt ist es runtergefallen.«

Joe betrachtete den Schaden. »Wie bist du überhaupt darauf gekommen, dass hinter der Fußleiste ein Loch sein könnte?«

»Ich bin aus Versehen mit dem Fuß dagegengekommen«, erklärte Rebecca, »da hat die Leiste etwas nachgegeben. Also habe ich dagegengeklopft, und als es hohl klang, habe ich sie rausgerissen.« Sie sprintete Richtung Treppe. »Auf geht's, holen wir uns das Ding!«

»Holen?«, wollte Joe wissen. »Woher?«

»Aus dem Tunnel natürlich«, rief Rebecca und stürmte die Stufen in den ersten Stock hinauf. »Wohin sonst soll das Geheimfach führen …«

Das Klingeln an der Haustür ließ sie mitten in der Bewegung stoppen.

»Wer kann das sein?«, flüsterte Rebecca. »Der Kerl aus dem Tunnel?«

Joe schüttelte den Kopf. »Bestimmt nicht. Vielleicht hat Dad seinen Haustürschlüssel vergessen. So oft, wie das passiert …« Mit ein paar großen Schritten sprang er zur Haustür und riss sie mit Schwung auf.

»Na, hast du mal wieder den Schlüssel …« Joe verstummte. Vor ihm stand ein Mann, groß, schmal und mit einem dunklen Anzug bekleidet. Seine Haare waren mit Gel zu einem eher hilflos wirkenden Scheitel an seinen Kopf geklebt. Und seine Augen starrten finster drein. Joe zuckte zurück und war kurz davor, die Tür wieder zuzuschlagen.

»Familie Bookman?«, fragte der Mann mit Grabesstimme.

Joe nickte.

»Ich habe eine Nachricht in unserem Briefkasten gefunden, dass Sie ein Einschreiben für den jungen Herrn entgegengenommen haben. Ich möchte es abholen.« Er streckte

seine Hand aus. Sie war alt und fleckig und voll dunkler Adern, die sich aus der faltigen Haut herausdrückten.

»Und wer sind Sie?«, fragte Rebecca, die sich hinter Joes Rücken verschanzt hatte.

»Mein Name ist Einar Stein«, sagte der Mann tonlos.

Joe war so überrascht, dass er sich beinahe an seiner eigenen Spucke verschluckte. Hatten seine neuen Mitschüler nicht von einem Angestellten namens *Einstein* gesprochen? Aber wieso behauptete dieser Kerl dann, er heiße Einar Stein? Glaubte er wirklich, dass er sie so leicht hinters Licht führen konnte?

»Wen meinen Sie mit *junger Herr?«,* fragte er sein Gegenüber misstrauisch.

»Alexander Mercurius«, antwortete der hagere Mann. »Er wohnt im Haus am Ende der Straße.«

»Und geht nicht zur Schule«, fügte Rebecca hinzu. »Leugnen ist zwecklos, wir wissen Bescheid! Aber wenn er nicht zur Schule geht, wieso hat er dann nicht die Tür geöffnet, als der Postbote geklingelt hat?«

Der Fremde zögerte einen Moment. Dann beugte er seinen langen Oberkörper etwas vor und sagte mit einer Stimme, die Wasser zu Eis gefrieren lassen könnte: »Wir waren im Keller beschäftigt.«

RUMS!

Rebecca ließ die Tür ins Schloss krachen.

»Was machst du denn?«, rief Joe erschrocken.

»Hast du nicht gehört, was er gesagt hat? Sie waren im Keller beschäftigt. Und womit? Dem Zersägen von Alexanders Eltern natürlich!« Rebeccas Augen waren weit aufgerissen.

»Jetzt krieg dich wieder ein«, versuchte Joe, sie zu beruhigen. »Er will doch bloß den Brief holen.«

DING, DONG klingelte es erneut. Joe öffnete die Tür einen Spaltbreit. »Sekunde noch«, sagte er und ließ sie zurück ins Schloss fallen. »Und selbst wenn sie Leute im Keller zersägen, kann uns das doch egal sein. Wir sind nur die Nachbarn. Wir geben ihm den Brief und fertig. Außerdem weiß kein Mensch, ob diese ganzen Storys überhaupt stimmen.«

»Und wenn doch? Was ist mit diesem Alexander?«, fragte Rebecca. »Willst du ihn einfach im Stich lassen?«

Joe zog die Stirn kraus. »Wieso im Stich lassen?«

»Vielleicht ist er es ja, der im Keller zersägt wird«, sagte Rebecca mit hochrotem Kopf. »Und wir sind seine letzte Rettung. Weil wir den Brief haben. Den Brief an ihn.«

Joe kam ins Grübeln. Er glaubte zwar nicht, dass dieser Alexander wirklich zersägt wurde, aber diesem komischen Diener traute er auch nicht über den Weg. »Okay, wir gehen auf Nummer sicher«, sagte Joe und öffnete die Tür. Der hagere Mann wirkte ein wenig gereizt. »Der Brief ...«, begann er und streckte die Hand aus.

»... ist für Alexander Mercurius«, sagte Joe mit fester Stimme. »Und nur ihm werden wir ihn übergeben. Persönlich!«

»Das ist nicht notwendig«, gab der Mann kühl zurück. »Ich bin der Angestellte von Mr Mercurius und verfüge über alle diesbezüglichen Vollmachten. Es genügt, wenn Sie mir den Brief aushändigen ...«

»Persönlich!«, beharrte Joe und hob das Kinn. Angriffslustig starrte er seinem Gegenüber ins Gesicht.

Der Mann presste die Lippen aufeinander. Dann nickte er. »Also schön.« Er drehte sich um und ging die Stufen der schmalen Treppe hinunter. »Sie nehmen uns mit?«, fragte Joe überrascht.

Der Mann wandte sich um. »Das wollten Sie doch. Den Brief meinem Herrn persönlich übergeben. Er ist zu Hause. Also folgen Sie mir jetzt bitte ... nach Amarak.«

Joe war etwas mulmig zumute, als er und Rebecca hinter dem großen, hageren Mann die Straße hinuntergingen. Was, wenn dort wirklich Verbrechen begangen wurden? War es nicht total verrückt, einem Fremden in ein finsteres Haus zu folgen, besonders nach all den Schauergeschichten, die sie in der Schule gehört hatten? Auf der anderen Seite konnten sie vielleicht ein Verbrechen verhindern, indem sie Alexander aus den Fängen dieses komischen Typen befreiten. Zumindest würden sie einen Blick ins Haus werfen und sich einen eigenen Eindruck verschaffen können. Außerdem glaubte Joe nicht, dass Einar Stein eine Chance hatte, ihn oder Rebecca im Laufen zu schlagen. Dazu war er einfach schon zu alt.

Sie passierten das große schmiedeeiserne Tor und gingen über einen breiten Kiesweg Richtung Haus. Es handelte sich um einen dreistöckigen Klinkerbau mit einer verwirrenden Architektur aus ineinanderfließenden Schrägen. Kleine Türme erhoben sich aus den Dachschindeln und ein großer, runder Schornstein schob sich weit in den Himmel hinauf. Die Fenster waren schmal und hoch und lediglich die Satellitenschüssel auf der Dachmitte zeugte davon, dass das Haus in der Gegenwart angekommen war.

Das Grundstück war riesig. An den Längsseiten zog sich ein großzügiger Garten bis zur Rückseite des Gebäudes, wo ihn ein dichter Tannenwald begrenzte. Zur linken Seite hin erstreckte sich der alte Friedhof, zur rechten stieg das Gelände leicht an, bis es von der nächsten Querstraße begrenzt wurde. Rechts neben dem Gebäude befand sich eine breite Garage, die deutlich jüngeren Baudatums war als der Rest des Hauses. Eine ihrer drei Schwingtüren stand offen und es brauchte keinen Kennerblick, um zu sehen, dass der Wagen darin ein Oldtimer war.

Als sie Einar Stein die breite Steintreppe zum Eingang hinauf folgten, bemerkte Joe, dass auch die Türen größer als normal waren. Alles an diesem Haus wirkte so, als sei es für übergroße Menschen gemacht worden.

Einar Stein zog einen langen Eisenschlüssel mit Metallverzierung aus der Tasche seines Jacketts und ließ ihn im Türschloss verschwinden. Joe stieß Rebecca mit dem Ellenbogen an.

»Genau so einen braucht man für die Tür im Keller«, flüsterte er.

»Du meinst, er ist der Kerl aus dem Keller?«, fragte Rebecca hinter vorgehaltener Hand und zeigte auf den schlaksigen Diener.

Einar Stein fuhr herum. »Bitte?«

Rebecca schüttelte den Kopf. »Ich habe mich nur über den Schlüssel gewundert«, sagte sie rasch. »Der ist ganz schön groß.«

Der Diener senkte den Blick. »Ein alter Schlüssel für ein altes Haus«, raunte er. »Passt genau.«

Er öffnete die Tür und führte die beiden Besucher in eine geräumige Eingangshalle. »Warten Sie hier«, bat er. »Ich teile dem jungen Herrn Ihr Begehr mit.« Daraufhin schritt er die breite, geschwungene Treppe empor, die zu ihrer Linken in den ersten Stock führte.

»Ich teile dem jungen Herrn Ihr Begehr mit«, äffte Rebecca ihn nach. »Der ist ja genauso verstaubt wie das Gemäuer hier.«

Joe sah sich staunend um. Die Halle sah aus wie der Eingangsbereich zu einem Museum aus längst vergangenen Zeiten. Schwere Vorhänge hingen von der rund fünf Meter hohen Decke herab. Großformatige Bilder mit breiten Holzrahmen und Abbildungen in dunklen Farben waren an den aus grob bearbeiteten Steinen bestehenden Wänden angebracht. Darunter hockten breite Kommoden wie zum Sprung bereite Raubtiere. Auf dem Marmorboden lagen dicke Teppiche mit orientalischen Mustern. Und unter der Decke baumelten ausgestopfte Vögel mit breiten Schwingen.

»Wo kommt bloß dieses ganze Zeug her?«, staunte Joe.

»Das haben meine Eltern gesammelt«, sagte eine Stimme. Rebecca und Joe fuhren herum. Am oberen Treppenabsatz stand ein Junge und sah zu ihnen herab. Er trug eine dunkle Jeans und ein etwas altmodisch aussehendes rotes Hemd. Seine Haare bedeckten die Stirn und hingen fast bis über seine Augen, die einen traurigen Ausdruck hatten. Um den Hals hing an einem dünnen Lederband ein flach geschliffener blauer Stein. »Sie sind Archäologen und haben von jeder ihrer Reisen kistenweise Sachen mitgebracht«, fuhr er fort, während er die Treppe herunterkam. »Sie dachten wohl, in Amarak gäbe es genug Platz. Aber ihre Sammelleidenschaft ist so groß, dass es langsam eng wird.«

Er erreichte den Eingangsbereich und streckte seine Hand aus. »Ich bin Alexander«, sagte er und lächelte.

»Hi, ich bin Rebecca«, stellte sich Rebecca vor und schüttelte ihm die Hand.

»Joe«, sagte Joe knapp. »Du sagst, deine Eltern *sind* Archäologen? Das heißt, sie sind nicht tot?«

»Nein«, erwiderte Alexander. »Ich weiß, was da draußen geredet wird. Aber es ist nicht wahr. Nichts davon. Meine Eltern wurden weder umgebracht, noch sind sie bei einem Unfall gestorben. Und schon gar nicht wurden sie von einem Magier zersägt.«

Rebecca seufzte erleichtert. Aber Joe war nicht so einfach zufriedenzustellen.

»Wo sind sie denn dann?«, fragte er.

»Verschwunden«, sagte Alexander. »Aber kommt doch erst mal mit. Dann erzähle ich euch alles.«

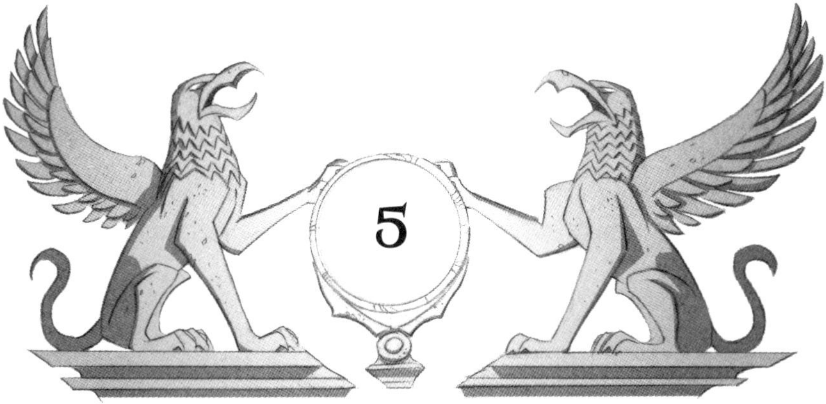

5

Er führte seine Gäste über die Treppe in den ersten Stock.

»Wie lange wohnen deine Eltern schon hier?«, fragte Rebecca.

»Seit über zehn Jahren«, antwortete Alexander. »Sie sind ungefähr mit meiner Geburt hier eingezogen. Ich bin jetzt zwölf.« Er öffnete die Tür zu einem Raum, der nicht nur einfacher eingerichtet war als das übrige Haus, sondern auch viel kleiner wirkte. Auch die Decke schien niedriger zu sein.

»Das hier ist mein Zimmer«, erklärte Alexander und bot Rebecca und Joe Platz auf einem Sofa mit rotem Plüschbezug an. »Das durften meine Eltern nicht vollstellen, obwohl es ihnen schwergefallen ist. Und mir gefällt es, weil es nicht so groß ist wie die übrigen Räume. In denen komme ich mir oft ein bisschen verloren vor.«

»Was ist das für ein hübscher Stein, den du um den Hals trägst?«, fragte Rebecca.

»Den haben mir meine Eltern geschenkt«, sagte Alexan-

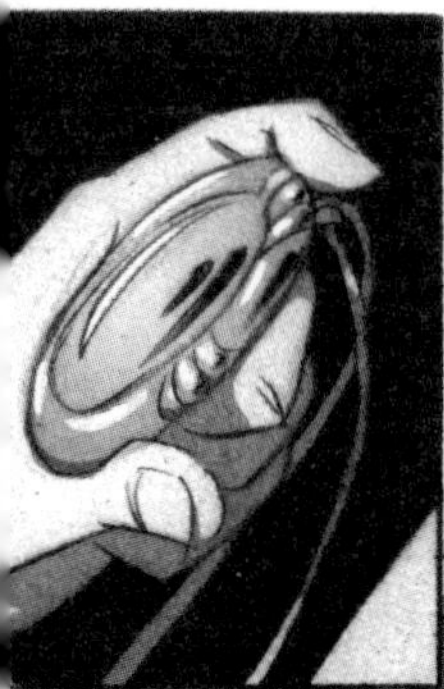

der. »Am Tag, als ich sie das letzte Mal gesehen habe. Es ist ein Beryll.«

Rebeccas Augen begannen zu leuchten. »Er ist wunderschön. Wo kommt er her?«

»Meine Eltern haben mir erzählt, dass sie ihn auf einer ihrer Reisen gefunden und mir als

Talisman mitgebracht haben. Er soll mir Glück bringen.«

»Und?«, fragte Joe. »Bringt er dir Glück?«

Alexander zuckte mit den Schultern. »Bislang nicht. Jedenfalls hat er mir nicht meine Eltern zurückgebracht.«

»Ich habe auch so einen Glücksstein, der nicht funktioniert«, sagte Rebecca und kramte einen kleinen, gelb-gold gestreiften Edelstein aus ihrer Tasche.

»Ein Tigerauge«, staunte Alexander und nahm ihn entgegen. »Hübsch.«

»Aber wirkungslos«, lachte Rebecca.

»Was bedeutet eigentlich der Name Amarak?«, fragte Joe.

Alexander zuckte mit den Schultern. »Nichts, soweit ich weiß. Meine Eltern fanden ihn einfach gut.«

Joe schüttelte den Kopf. »Amarak – das ist doch nichts, was einem einfach so einfällt. Da muss mehr dahinterstecken.«

Alexander wollte etwas erwidern, doch in diesem Moment kam von irgendwoher ein Klopfen. Alexander legte das Tigerauge auf den Tisch und stand auf. Er ging zur Wand mit dem Bücherregal und schob eine Klappe zur Seite, hinter der eine ungefähr ein mal ein Meter große Öffnung zum Vorschein kam.

»Was ist das?«, fragte Joe neugierig.

»Ein Zimmerlift«, sagte Alexander und packte ein Seil, das in der Öffnung verborgen war. »Damit hat man früher das Essen aus der Küche in die Zimmer transportiert. Hat eine Menge Weg gespart.« Er zog am Seil und eine Box von der Größe eines Umzugskartons erschien in der Öffnung. In ihr war ein Tablett mit drei Gläsern.

»Das ist ja cool«, sagte Joe. Alexander befestigte das Seil an einem Haken, sodass die Box genau vor der Öffnung schwebte, und nahm dann das Tablett mit den Getränken heraus und stellte es auf den kleinen Tisch vor dem Sofa.

»Und für Einstein ist es einfacher, als immer die Treppen hoch- und runterzurennen«, erklärte Alexander.

»Wie heißt er denn nun«, fragte Joe. »Einstein oder Einar Stein?«

»Eigentlich Einar Stein«, sagte Alexander. »Einar ist ein skandinavischer Vorname, seine Mutter kommt aus Schweden. Aber meine Eltern haben ihn immer nur Einstein genannt, und weil er nichts dagegen hat, mache ich das auch.«

»Und er ist dein Diener?«, fragte Rebecca mit großen Augen.

»Er ist hier angestellt«, erwiderte Alexander. »Auf Lebenszeit. Das haben meine Eltern mit ihm vereinbart. Er hat seine komplette Familie bei einem Bootsunfall verloren. Vermutlich wäre er auch dabei ums Leben gekommen, wenn er nicht gerade einem Ausgrabungsteam in Aksum in Äthiopien geholfen hätte. Da hat er auch meine Eltern kennengelernt. Als sie hörten, was mit seiner Familie passiert war, boten sie ihm an, dass er bei ihnen bleiben konnte. Aus Dankbarkeit kümmert er sich seitdem um mich und den Haushalt.«

»Und wieso ist er so finster?«, fragte Joe. »Ich meine, es läuft ja niemand freiwillig in so unmodernen Klamotten rum, oder?«

»Wir haben wenig Kontakt mit den Leuten draußen«, erklärte Alexander. »Ich schätze, da wird man auf Dauer ein bisschen schrullig.«

»Wieso gehst du nicht in die Schule?«, fragte Rebecca.

»Ich hab's versucht«, sagte Alexander. »Aber irgendwie bin ich nicht zurechtgekommen. Der Unterricht für die Kinder in meinem Alter war mir zu langweilig. Dann bin ich in eine höhere Klasse gewechselt, aber dort waren die älteren ständig eifersüchtig, wenn ich mehr als sie wusste. Außerdem gab es dort eine Clique, die mich oft geärgert hat, deshalb bin ich schließlich zu Hause geblieben.«

»Und wer unterrichtet dich?«

»Einstein. Er ist ein guter Lehrer. Er könnte vielleicht ein bisschen mehr Humor vertragen, aber na ja, man kann schließlich nicht alles haben.« Alexander beugte sich vor und verteilte die Gläser mit der Limonade.

»Seit wann sind deine Eltern verschwunden«, fragte Rebecca und nippte an ihrem Glas. Die Limo schmeckte nicht besonders süß, aber sehr erfrischend.

»Heute auf den Tag genau ist es ein Jahr her.« Alexander senkte den Blick. »Ich war in meinem Zimmer und lernte gerade, als sie hereinkamen und sagten, sie müssten für ein paar Tage fort. Mom nahm mich in den Arm und ich wunderte mich darüber, dass ihr eine Träne über die Wange lief. Wieso weinte sie, wenn sie nur ein paar Tage wegwollte? Auch mein Vater war irgendwie komisch und sagte merkwürdige Dinge zu mir. Ich verstand das alles nicht, und nachdem sie mein Zimmer verlassen hatten, lernte ich einfach weiter und machte mir keine Gedanken mehr.« Alexander seufzte. »In den Tagen darauf war Einstein total nett zu mir. Jeden Tag brachte er mir eine Überraschung vom Einkaufen mit und gerade deshalb wurde ich irgendwann misstrauisch und fragte ihn, wann Mom und Dad wieder nach Hause kommen würden. Da antwortete er, sie würden niemals zurückkommen.« Alexander schluckte. »Sie wären auf einer geheimen Mission, die vermutlich den Rest ihres Lebens dauern würde. Diese Mission sei extrem gefährlich und sie wollten mich dieser Gefahr auf keinen Fall aussetzen. Deshalb hatten sie sich schweren Herzens dazu entschlossen, mich in Amarak zurücklassen.«

»So ein Quatsch!« Joes Stimme ließ Alexander zusammenzucken. »Gefährliche Mission – keine Eltern lassen einfach ihr Kind zurück. Was soll denn das bitte für eine Mission sein, die so gefährlich ist?«

»Du kennst meine Eltern nicht«, erwiderte Alexander. »Sie sind nicht irgendwelche Archäologen, sondern die besten. Sie haben mehr Artefakte gefunden als sonst jemand auf der Welt.«

»Arte... was?«, fragte Rebecca.

»Gegenstände von historischer Bedeutung«, erklärte Alexander. »Sagenhafte Dinge, von denen oft nur vage Beschreibungen existieren. Oft ist so eine Legende nichts als Spinnerei, aber manchmal steckt auch mehr dahinter. Meine Eltern sind Spezialisten im Auffinden von solchen Artefakten.«

»Was immer noch nicht erklärt, wieso sie dich ohne Erklärung zurückgelassen haben«, murmelte Joe.

»Wenn es gefährlich war, hatte es vielleicht etwas mit einer ihrer Entdeckungen zu tun«, überlegte Rebecca. »Womit haben sie sich denn zuletzt beschäftigt?«

»Mit vielen Dingen«, sagte Alexander. »Die haben immer ein Dutzend Projekte gleichzeitig am Laufen gehabt und das mussten sie auch, denn manchmal dauert es Jahre, bis die Suche nach einem verschollenen Gegenstand Erfolg hat.«

»Und sie haben keine Nachricht hinterlassen?«, fragte Joe. »Keine E-Mail? Nichts auf dem Anrufbeantworter? Keinen Brief?«

»Der Brief!«, rief Rebecca aus. »Den habe ich total vergessen.« Sie zog ihn aus der Tasche und reichte ihn Alexander. »Der Umschlag ist am oberen Rand angegilbt, so als hätte er eine ganze Weile zwischen anderen Briefen herumgelegen. Die Adresse ist mit Schreibmaschine getippt und es ist kein Absender auf dem Umschlag. Dafür aber ein Siegel aus rotem Wachs: eine verschnörkelte Acht.«

Joe stieß seine Schwester mit dem Ellenbogen an.

Sie warf ihm einen verärgerten Blick zu. »Was?«

Alexander lachte. »Du hast den Brief ja schon ziemlich genau untersucht. Was steht denn drin?«

Rebecca zuckte mit den Schultern. »Weiß nicht.«

Alexander stand auf und nahm eine Lupe aus einem der Regale. Mit gerunzelter Stirn untersuchte er die Marke auf dem Brief.

»Da ist ein Laden drauf. Ich kann aber nicht erkennen, was auf der Schaufensterscheibe steht, dafür ist die Schrift zu klein. Aber der Laden kommt mir irgendwie bekannt vor. So als hätte ich ihn schon mal gesehen.« Er fuhr mit der Lupe zur unteren Kante der Marke. »Die Bildunterschrift behauptet, dass es sich bei der Abbildung um das Natural History Museum handelt. Aber das stimmt nicht.«

»Wo ist der Brief denn abgestempelt?«, fragte Rebecca.

Alexander betrachtete den dunklen Abdruck auf der Marke. »Nicht zu erkennen«, murmelte er. »Der Stempel ist verwischt.« Er betrachtete die Briefmarke mit maximaler Vergrößerung. »Das Bild hat diesen Sepia-Farbton, so wie Fotos, die vor hundert Jahren gemacht wurden.«

»Das würde dazu passen, dass der Brief lange gelagert wurde«, sagte Rebecca.

»Kann aber auch einfach heißen, dass dies ein altes Foto ist«, gab Joe zu bedenken. »Ein altes Foto, das als Motiv für die Briefmarke verwendet wurde.«

»Hast du keine Idee, wer dir den Brief geschickt haben könnte?«, fragte Rebecca.

Alexander schüttelte den Kopf. »Ich kenne das Siegel nicht. Und ein Absender ist ja nicht angegeben.« Er legte die Lupe zur Seite, riss den Umschlag auf und entfaltete das in ihm steckende Blatt Papier. Erstaunt hob er die Augenbrauen. Dann drehte er das Blatt so um, dass Rebecca und Joe es sehen konnten. Es war leer.

»Vielleicht ist die Nachricht mit Zaubertinte geschrieben«, überlegte Joe. »Du weißt schon: mit Zitronensaft. Die wird erst sichtbar, wenn man das Blatt erhitzt.«

»Versuchen wir es«, sagte Alexander und holte ein Feuerzeug aus der Schublade. Er entzündete es und hielt die Flamme etwa zehn Zentimeter unter das Blatt, sodass die Hitze das Papier erreichte, ohne es zu entflammen. Gebannt starrten die drei auf den Bogen. An der Stelle, wo die Flamme loderte, verfärbte sich das Blatt leicht bräunlich. Aber Schrift erschien nicht. »Fehlanzeige«, sagte Alexander und ließ das Feuerzeug erlöschen.

»Vielleicht wurde die Nachricht mit einer anderen Geheimtinte geschrieben«, überlegte Rebecca.

»Oder es steht wirklich nichts auf dem Papier«, sagte Joe. »Vielleicht hat der Verfasser aus Versehen das falsche Blatt Papier in den Briefumschlag geschoben, weil er abgelenkt war.«

»Möglich wär's«, sagte Alexander und legte die Stirn in Falten. »Vielleicht liegt die Antwort aber auch im Umschlag. Das Natural History Museum hat vor einem Jahr sein hundertfünfunddreißigjähriges Jubiläum gefeiert. Meine Eltern hatten dort ein kleines Büro. Vielleicht ist das ein Hinweis.«

»Wenn wenigstens der Stempel zu erkennen wäre«, murmelte Joe. »Dann wüssten wir, wo der Brief abgestempelt wurde.«

Alexander untersuchte ihn noch einmal mit der Lupe. »Das Einzige, was man erkennen kann, ist eine Art fliegender Hut.«

TOCK! – TOCK! – TOCK!

»Herein!«, rief Alexander. Die Tür wurde geöffnet und Einstein betrat den Raum.

»Ich habe noch ein paar Einkäufe zu erledigen«, sagte er. »Außerdem möchte ich die jungen Herrschaften daran erinnern, die Zeit nicht aus den Augen zu verlieren.«

Joe warf einen Blick auf seine Uhr. »Sie haben recht, es ist schon spät. Wir gehen gleich.«

»Hast du nicht einen Verwandten, der bei der Post arbeitet?«, fragte Alexander. Einstein nickte. »Ein Cousin von mir arbeitet im Post Office am Russell Square.«

»Meinst du, er könnte sich diesen Stempel hier mal ansehen?« Alexander reichte Einstein den Brief. »Er ist zwar verwischt, aber ein paar Details sind zu erkennen. Vielleicht weiß er, wo der Brief abgestempelt wurde.«

Einstein nickte. Dann zog er ein Smartphone aus der Jackentasche und machte ein Foto von dem Umschlag. Joe staunte. Das moderne Gerät passte so gar nicht zu Einsteins restlichem, eher antiquiertem Outfit.

»Ich werde es versuchen«, sagte der und verließ den Raum.

»Können wir ihm trauen?«, fragte Joe.

Alexander riss erstaunt die Augen auf. »Aber natürlich. Wieso denn nicht?«

Joe zuckte mit den Schultern. »Ich weiß nicht. Irgendwas an ihm ist komisch. So altmodisch. Genau wie … der Brief.«

Alexander schüttelte den Kopf. »Einstein kennt mich von Geburt an! Und seit meine Eltern weg sind, hat er sich um mich gekümmert. Ich würde ihm sogar mein Leben anvertrauen.«

Da wäre ich lieber vorsichtig, dachte Joe.

»Wie geht's jetzt weiter?«, fragte Joe, als Alexander ihn und Rebecca zur Tür brachte. »Willst du die Sache mit dem Brief alleine durchziehen oder sollen wir dir helfen?«

Alexander schien überrascht. »Ich fänd's super, wenn ihr mir helfen würdet.«

»Becca?«, fragte Joe zu seiner Schwester gewandt.

Sie nickte. »Ich bin dabei.«

»Alles klar«, sagte Joe. »Dann treffen wir uns morgen nach der Schule wieder, einverstanden?«

»Einverstanden«, erwiderte Alexander grinsend. »Vielleicht hat Einsteins Cousin bis dahin auch schon etwas über den Brief rausgefunden.«

»Hoffen wir, dass dein Stein dir diesmal Glück bringt«, sagte Joe.

»Mein Tigerauge!«, rief Rebecca aus. »Ich habe es auf dem Tisch liegen lassen.« Sie drehte sich um und rannte die Treppe hinauf.

Alexander sah zu Joe. »Du hast eine nette Schwester.«

»Geht so«, gab Joe achselzuckend zurück und öffnete die Haustür.

Vor ihm stand ein großer, hagerer Mann mit kantigen Gesichtszügen. Er trug einen vornehmen Anzug mit einem roten Tuch, das aus der Brusttasche hervorschaute. Joe hatte das intensive Gefühl, dass von seinem Gegenüber eine Art Gefahr ausging.

Der Fremde fixierte ihn und Alexander mit kaltem Blick. »Alexander Mercurius«, murmelte er mit einer merkwürdig hellen Stimme.

»Was wollen Sie von ihm?«, fragte Joe und hob kämpferisch das Kinn.

»Mit ihm sprechen«, erwiderte der Fremde. »Aber du bist es nicht.« Er sah an Joe vorbei zu Alexander. »Du bist es«, sagte er und machte einen Schritt ins Haus hinein. Joe und Alexander wichen erschrocken einen Schritt zurück.

»Sie wünschen?«, sagte plötzlich eine tiefe Stimme. Der Fremde zuckte zusammen. Hinter ihm stand Einstein. Der Fremde musterte den Diener scharf. Aber Einstein ließ sich nicht einschüchtern.

»Sie befinden sich auf Privatbesitz«, sagte er ungerührt. »Und wenn Sie kein berechtigtes Anliegen haben, sich hier aufzuhalten, könnte Ihr Verhalten als Hausfriedensbruch ausgelegt werden.«

»Hausfriedensbruch«, wiederholte der Fremde, ohne die Miene zu verziehen.

»Hausfriedensbruch«, sagte Einstein. Dann starrten sich die beiden wie zwei Alligatoren, die jeden Moment aufeinander losgehen würden, in die Augen. Doch plötzlich veränderte sich der Gesichtsausdruck des Fremden. Er lächelte.

»Ich wollte nur nach einem Glas Wasser fragen«, sagte er entschuldigend. »Weil ich einen solchen Durst habe.«

»Am Eingang zum Friedhof gibt es einen kleinen Trinkbrunnen«, erwiderte Einstein. »Er ist keine hundert Meter entfernt. Dort bekommen Sie so viel Wasser, wie Sie mögen.«

»Danke sehr«, sagte der Fremde und deutete eine kleine Verbeugung an. Damit wandte er sich ab, ging die Stufen zum Kiesweg hinunter und verließ das Grundstück.

»Das war knapp«, stieß Joe erleichtert aus. »Wenn Sie nicht gekommen wären …« Er zögerte. »Wollten Sie nicht einkaufen gehen?«

»Ich habe mein Portemonnaie vergessen«, erwiderte Einstein und warf Joe einen strengen Blick zu. »Und wieso öffnen Sie einfach die Tür?« Der Vorwurf in seiner Stimme war nicht zu überhören.

Rebecca kam die Treppe runtergerannt. »Was ist denn los«, fragte sie irritiert, als sie die ernsten Gesichter der anderen sah.

»Ein Mann war hier«, sagte Joe. »Und wollte ins Haus.« Er wandte sich an Einstein. »Wer könnte das gewesen sein?«

Der Diener schüttelte den Kopf. »Ich weiß es nicht. Vielleicht hatte er ja wirklich nur Durst. Nun ist er weg. Und Sie gehen jetzt auch besser nach Hause«, sagte er zu Joe und Rebecca.

Joe nickte. »Bis morgen, Alex.«

»Bis morgen«, erwiderte Alexander. »Schön, dass wir uns kennengelernt haben.«

»Das finden wir auch«, sagte Rebecca. Dann machten sie und ihr Bruder sich auf den Heimweg.

Als Joe später im Bett lag, konnte er nicht einschlafen. Selten hatte er so viele seltsame Dinge an einem einzigen Tag erlebt. In Bristol war alles immer eher ruhig und unspektakulär gewesen. Hier in der Großstadt war halt doch um einiges mehr los. Mittlerweile war Joe eigentlich ganz froh, dass sie nach London gezogen waren.

Er wälzte sich hin und her, aber das Kribbeln in seinen Beinen trieb ihn wieder aus dem Bett. Er stand auf und ging zum Fenster. Die Brise, die ihm entgegenwehte, war deutlich kühler als in der Nacht zuvor. Kündigte sich etwa schon der Herbst an? Dafür war es eigentlich noch ein bisschen früh, dachte Joe. Sie hatten gerade mal Anfang September. Joe fröstelte. Gerade wollte er die Fensterflügel schließen, da hielt ihn ein Geräusch zurück: ein tiefes, sattes Brummen, das er schon einmal gehört hatte. Joe starrte nach unten auf die Straße. Die schwarze Limousine, die er schon am Wochenende gesehen hatte, holperte wieder die Straße herunter. Sie fuhr langsam und ohne Licht. Und wieder war von den Insassen nichts zu erkennen.

Was machten die hier? Und wieso fuhren sie die Straße ab, als würden sie etwas suchen? Plötzlich stoppte der Wagen und die Beifahrertür wurde geöffnet. Ein Mann stieg aus. Er war kräftig und groß und trug dunkle Kleidung. Auf irgendeine Art kam er Joe bekannt vor. Da drehte er sich plötzlich um und das fahle Licht der Straßenlaterne fiel auf sein Gesicht. Es war der Typ aus dem *Burger-to-go-Restaurant*, der ihn so drohend angestarrt hatte, der Kerl mit dem Ziegenbart.

Joes Herz schlug schneller. Doch der Ziegenbart interessierte sich offenbar nicht für das Bookman-Haus. Stattdessen starrte er Richtung Amarak. Eine Minute verging, vielleicht zwei, dann stieg er wieder ein, der Wagen wendete und fuhr davon. Joe schwirrten tausend Fragen durch den Kopf. Was hatte das zu bedeuten? Wieso tauchten die Typen aus dem Fast-Food-Restaurant hier auf? Hatten sie etwas mit dem unheimlichen Fremden zu tun? Und wieso geschahen alle diese Dinge ausgerechnet am Jahrestag des Verschwindens von Alexanders Eltern? Joe hatte das deutliche Gefühl, dass sich hier etwas zusammenbraute. Und das war alles andere als beruhigend.

Obwohl es erst Joes zweiter Tag an der neuen Schule war, musste er die große Pause nicht alleine verbringen. Mike, Kevin und Robin hatten ihn wie selbstverständlich in ihre Clique aufgenommen, was aber wohl auch daran lag, dass Joe in Howard's End wohnte und die drei ganz offensichtlich Interesse daran hatten, mehr über diese Straße zu erfahren. Joe wusste noch nicht so recht, was er von Kevin, Mike und Robin halten sollte, aber vielleicht konnten sie ihm ja bei einem speziellen Problem behilflich sein.

»Weiß jemand von euch, wo ich einen Dietrich oder etwas Ähnliches bekommen kann?«, fragte er frei heraus.

Robin riss erstaunt die Augen auf. »Einen Dietrich?«

»Jetzt wird's interessant«, sagte Kevin. »Was willst du denn mit 'nem Dietrich?«

»Eine Tür öffnen«, antwortete Joe achselzuckend.

»Und welche?«

»Sag ich nicht.«

»Hat das vielleicht auch wieder was mit diesem Alex und

seinen Eltern zu tun?«, fragte Kevin. »Hat er die vor ein paar Jahren eingeschlossen und dann den Schlüssel verloren? Und jetzt will er die Knochen rausholen?«

»Es hat nichts mit Alexander zu tun«, sagte Joe mit Nachdruck. »Es geht um eine Tür in einem Schacht. Die will ich aufschließen. Und dafür brauche ich einen Dietrich oder irgendetwas anderes, mit dem man Türen aufbrechen kann, ohne sie komplett zu zerstören.«

»Das wird ja immer interessanter«, sagte Mike und grinste seine Kumpels an. »Was gibt's denn da zu holen?«

Joe winkte ab. »Vergesst es.« Er wandte sich ab.

»Sekunde«, sagte Kevin. »Ich kann dir einen Dietrich besorgen. Aber der kostet natürlich was. Dietriche sind selten, besonders solche, die funktionieren. Und ich weiß nicht mal, ob es überhaupt erlaubt ist, einen Dietrich zu besitzen ...«

»Wie viel?«, fragte ihn Joe.

Kevin schien kurz zu überlegen. »Fünfzig Pfund«, sagte er. Joe tippte sich an die Stirn. »Fünfzig Pfund? Für einen Schlüssel?«

»Kein Schlüssel, ein Dietrich«, sagte Kevin. »Damit kriegste nicht nur eine einzelne Tür auf, sondern alle. Und wenn du das mal hochrechnest, sind fünfzig Pfund geradezu ein Schnäppchen.«

Joe schluckte. »Aber ich habe keine fünfzig Pfund.«

»Mir kommt das auch etwas überteuert vor«, sagte Robin. »Was kostet denn ein normaler Schlüssel?«

»Ich hab mal einen für meine Eltern nachmachen lassen«, sagte Mike. »Der hat fünf Pfund gekostet, glaube ich.«

»Ein Dietrich ist aber kein normaler Schlüssel.« Kevins

Blick verfinsterte sich. »Und deshalb ist er mehr wert als fünf Pfund.«

»Aber keine fünfzig«, sagte Joe.

»Wie viel dann?«, fragte Robin.

Joe zögerte. »Zehn Pfund.«

»Vierzig«, sagte Kevin.

»Zwanzig«, sagte Mike.

Kevin starrte ihn mit großen Augen an. »Hast du 'nen Knall? Was mischst du dich denn da ein?«

»Zwanzig Pfund sind angemessen«, behauptete Robin. »Aber dafür muss der Dietrich die Tür auch aufbekommen. Schafft er es nicht, bekommt Joe sein Geld zurück. In Ordnung?« Joe nickte.

Kevin knirschte mit den Zähnen. »Okay.«

»Schlagt ein und das Geschäft ist besiegelt.« Joe und Kevin reichten sich die Hände.

»Ich bringe ihn morgen mit«, knurrte Kevin. »Also hab dann auch besser das Geld dabei.«

Den Rest des Vormittags hatte Joe Bauchschmerzen wegen des Geldes. Zwanzig Pfund! Ein Vermögen! Sollte er das wirklich machen? Nun gut, immerhin bekam er das Geld zurück, wenn der Dietrich nicht passte. Aber was, wenn hinter der Tür gar nichts war? Jedenfalls nichts, was zwanzig Pfund wert wäre? Joe beschloss, sich die Sache noch einmal durch den Kopf gehen zu lassen. Er hatte zwar mindestens dreißig Pfund gespart, aber bevor er die ausgab, würde er erst noch eine Nacht darüber schlafen. Außerdem war es nicht ausgeschlossen, dass seine Eltern den Schlüssel gefunden hatten und irgendwo aufbewahrten. Auch das musste Joe überprüfen, bevor er sein mit Zeitungsaustragen sauer verdientes Geld hergab.

»Und?«, fragte Jack Bookman, als seine Kinder nach Hause kamen. »Wie war euer zweiter Tag an den neuen Schulen?«

»Echt übel«, antwortete Rebecca.

»Gibt Schlimmeres«, sagte Joe.

Dad lächelte. »Das hört man gern. Habt ihr Hunger?«

Joe riss erstaunt die Augen auf. »Hast du etwa gekocht?«

»Die Frage war, ob ihr Hunger habt«, erwiderte sein Vater lächelnd. »Von Kochen war nicht die Rede.« Leichtfüßig verschwand er in der Küche.

Joe ließ die Schultern hängen. »Also hast du gar nicht gekocht«, murmelte er enttäuscht.

»Ich nicht«, rief Dad. »Aber der Mann vom Restaurant, der uns das Essen gebracht hat.« Mit einem breiten Grinsen und einer großen Styroporpackung in den Händen kam er zurück ins Wohnzimmer. »Habe es extra warm gestellt, damit wir gleich loslegen können.« Er platzierte die Schachtel auf dem Tisch und zog den Aluminiumdeckel ab. Ein köstlicher Geruch verbreitete sich im Haus.

»Hm«, machte Rebecca. »Das riecht aber lecker.«

»Auf geht's«, forderte Jack Bookman seine Kinder auf. »Jetzt wird gespachtelt, bis der Notarzt kommt.«

Eine halbe Stunde später waren die Mägen der drei Bookmans prall gefüllt. Nur ein paar Kartoffeln und etwas Gemüse waren noch übrig; von der Ente: nur noch Knochen.

»Und Mom?«, fragte Joe und nahm einen Schluck aus seiner Limodose.

»Isst bei der Arbeit«, sagte sein Vater und rieb sich zufrieden den Bauch.

»Was hast du heute geschrieben?«, fragte Rebecca.

Jack Bookman winkte ab. »Gar nichts. Ich habe mich ums Haus gekümmert, Kartons ausgepackt, Sachen weggeräumt, Fußleisten repariert ...«

Joe verschluckte sich an seiner Limonade und musste husten.

»Die ist ganz von alleine rausgegangen«, sagte Rebecca unschuldig. »Ich bin nur ganz vorsichtig mit dem Fuß rangekommen und schon ist sie rausgebrochen.«

Ihr Vater rieb sich das Kinn. »Ganz vorsichtig mit dem Fuß rangekommen, verstehe.«

»Kann ich mal was fragen?«, sagte Joe. »Wurde bei der Renovierung zufällig ein Schlüssel gefunden, der zu keiner Tür im Haus passt?«

»Ein Schlüssel?«, fragte sein Vater zurück. »Wie kommst du denn darauf?«

Joe zuckte mit den Achseln. »Nur so. Könnte ja sein.«

Ihr Vater dachte nach. »Also mir ist davon nichts bekannt ...«

»Bist du sicher?«, fragte Rebecca. »Ganz bestimmt nicht?«

Ihr Vater legte die Stirn in Falten. »Wieso habe ich das Gefühl, dass ihr mir was verschweigt?«

»Wir verschweigen dir nichts«, sagte Joe und stand auf. »Manchmal findet man ja alte Schlüssel, so was passiert. Und die könnten dann interessant sein. Das ist alles.« Er ging zur Haustür.

»Genau«, sagte Rebecca und schob den Stuhl zurück.

»Wo geht ihr hin?«

»Raus«, sagte Joe. »Die Gegend erkunden.«

»Schlüssel suchen«, fügte seine Schwester hinzu.

»Äh, Rebecca«, rief Dad ihnen hinterher. »Denkst du bitte mit daran, dass ich dich morgen von der Schule abhole. Du hast einen Termin beim Kieferorthopäden. Das heißt, ihr könnt erst danach … Schlüssel suchen.«

»Alles klar«, sagte Rebecca und zog die Haustür hinter sich ins Schloss. Jack Bookman saß noch eine Weile nachdenklich auf seinem Stuhl. Dann schüttelte er den Kopf und gönnte sich die übrigen Kartoffeln.

Joe und Rebecca rannten in der Zwischenzeit zu ihrem Freund am Ende der Straße.

»Der Brief ist der Schlüssel«, sagte Joe, als sie in Alexanders Zimmer saßen und beratschlagten, was als Nächstes zu tun war. »Seine Spur müssen wir verfolgen.«

»Wenn es eine gäbe«, merkte Rebecca an.

»Die gibt es«, sagte Alexander. »Die Briefmarke. Wenn sie zum hundertfünfunddreißigjährigen Jubiläum des Natural History Museums herausgegeben wurde, finden wir vielleicht dort etwas heraus.«

»Im Naturkundemuseum?«, fragte Joe. »Die lassen uns doch wahrscheinlich nicht mal rein. Jedenfalls nicht, ohne Eintritt zu bezahlen.«

»Du vergisst, dass meine Eltern dort ein Arbeitszimmer haben«, sagte Alexander. »Sie haben eng mit der Direktorin des Museums zusammengearbeitet und die war auch ab und zu hier in Amarak zu Besuch. Ich kenne sie gut.«

»Die Direktorin des Natural History Museums?«, fragte Joe überrascht.

Alexander nickte. »Sie heißt Maggie Leicester und ist sehr nett. Wenn sie etwas über die Briefmarke weiß, sagt sie es uns bestimmt.«

»Aber das Museum ist in South Kensington«, sagte Joe. »Mit Bus und Bahn dauert es mindestens eine Stunde, bis wir dort sind. Und es ist schon halb fünf.«

»Wir fahren nicht mit Bus und Bahn«, sagte Alexander und stand auf. »Wir nehmen den Jaguar.«

Es war ein irres Gefühl, von einem Chauffeur in einem Oldtimer durch die Straßen Londons kutschiert zu werden. Nicht nur der Wagen zog Aufmerksamkeit auf sich: Wenn die Leute die drei Freunde im Heck des Cabrios entdeckten, starrten sie ihnen mit offenen Mündern hinterher. Joe und Rebecca konnten gar nicht mehr aufhören zu grinsen.

Vor dem Natural History Museum hielt Einstein den Wagen an. »Ich fahre auf den Parkplatz und warte dort auf Sie.«

»Danke«, sagte Alexander, dann stiegen er und seine Freunde aus.

Sie passierten das große Tor und erklommen die flachen Stufen, die zum Museumseingang führten. Hinter der breiten Tür des altehrwürdigen Gebäudes öffnete sich eine geräumige Vorhalle, in der sie das gewaltige Skelett eines Diplodocus begrüßte. Alexander führte Joe und Rebecca zum Kassenhäuschen, das an der Längsseite der Halle untergebracht war.

»Guten Tag«, sagte er. »Ich muss dringend mit der Direktorin sprechen. Könnte ich bitte zu ihr?«

Die Kassiererin hob erstaunt die Brauen. »Wie bitte?«

»Ich muss zur Direktorin«, wiederholte Alexander. »Ich habe etwas Wichtiges mit ihr zu besprechen.«

Die Kassiererin musterte ihn von oben bis unten. »Die Direktorin ist eine viel beschäftigte Frau«, sagte sie schließlich. »Ich glaube nicht, dass sie Zeit hat, sich mit dir abzugeben. Und jetzt mach den Weg frei!« Sie scheuchte Alexander mit einer wedelnden Handbewegung fort.

»Vielleicht hätten wir vorher anrufen sollen«, überlegte Joe, als sie sich auf dem Diplodocus-Sockel niederließen und überlegten, was sie jetzt tun konnten.

»Ich hab nicht damit gerechnet, dass sie mich nicht reinlassen würden«, murmelte Alexander. »Aber klar: Meine Eltern sind ja auch schon seit einem Jahr verschwunden. Und solange bin ich auch nicht mehr hier gewesen. Die Kassiererin habe ich noch nie gesehen. Woher soll sie wissen, wer meine Eltern sind.«

»Sag es ihr doch einfach«, schlug Rebecca vor. »Wenn sie hört, dass deine Eltern die berühmtesten Archäologen der Welt sind, lässt sie uns bestimmt rein.«

Alexander nickte. »Einen Versuch ist es wert.« Sie stellten sich erneut zwischen die Wartenden vor der Kasse. Als sie an der Reihe waren, seufzte die Kassiererin laut. »Schon wieder ihr. Ich habe doch schon gesagt, dass ich die Direktorin nicht wegen jedem Kleinkram stören kann.«

»Vielleicht ändern Sie ja Ihre Meinung, wenn Sie wissen, wer ich bin«, sagte Alexander. »Mein Name ist Alexander Mercurius, ich bin der Sohn von Samuel und Felicitas Mercurius, den berühmten Archäologen.«

Die Kassiererin beugte sich zu ihm. »Und ich bin in

Wirklichkeit die Königin Nofretete«, sagte sie und lachte laut auf. Dann vertrieb sie Alexander und seine Freunde erneut.

»Vielleicht sollten wir einfach bezahlen«, schlug Joe vor. »Wenn wir erst mal drin sind, finden wir die Direktorin vielleicht auch so.«

»Die lässt uns bestimmt nicht rein«, sagte Alexander enttäuscht. »Auch nicht für Geld. Außerdem sind die Arbeitsräume und das Büro der Direktorin im hinteren Teil des Museums untergebracht. Da kommen wir von der Besucherseite aus nicht hin.« Plötzlich kam ihm eine Idee. »Eine Möglichkeit gibt es noch. Aber dazu brauchen wir Glück und ...« Alexander räusperte sich. »... eine gute Stimme.« Er holte tief Luft und gab ein seltsam kehliges Geräusch von sich.

Rebecca runzelte die Stirn. »Was machst du da?«

»Klingt, als hättest du Halsschmerzen«, sagte Joe.

»Das ist der Ruf eines Vogels«, erklärte Alexander. »Eines sehr seltenen Vogels. Und mit ein bisschen Glück ...« Er sah sich in der großen Eingangshalle um. »Es funktioniert nicht.«

»Was funktioniert nicht?«, fragte Joe.

»Was soll denn das für ein Vogel sein?«, mischte sich Rebecca ein.

»Ein Fatu Hiva Monarch«, erklärte Alexander. »Ein extrem seltener Vogel, der nur auf den Marquesas-Inseln in ...«

»... Französisch-Polynesien vorkommt«, ergänzte Rebecca und grinste. »Kenn ich. Der geht aber so.«

Sie legte den Kopf in den Nacken, spitzte die Lippen und

gab ein schnarrendes Geräusch von sich, das ein wenig an den nächtlichen Ruf der Grillen erinnerte. Rebecca rief so laut, dass sich nicht nur die Besucher des Museums nach ihr umdrehten, sondern auch die Kassiererin auf sie aufmerksam wurde.

»Was um alles in der Welt soll das?«, fragte Joe fassungslos.

»Das ist der Ruf des Fatu Hiva Monarchen«, sagte Rebecca mit zufriedenem Gesicht.

Alexander nickte. »Hörte sich wirklich genauso an.«

»Und wieso kannst du den nachmachen?«, fragte Joe.

Rebecca wollte gerade antworten, da kam die Kassiererin wutentbrannt aus ihrem Häuschen gestürmt und stapfte auf das Trio zu. Ihr Gesicht war rot vor Zorn. »Jetzt reicht es mir aber ...«

Doch im selben Augenblick ertönte eine andere laute Stimme. »Wo bist du, Schätzchen? Komm zu Daddy, sei schön artig, komm zu Daddy!« Auf der Galerie im ersten Stock wedelte ein übergroßes Schmetterlingsnetz durch die Luft und bewegte sich rasch Richtung Treppe. Kurz darauf erschien ein kleiner, dicker Mann in Expeditionskleidung und mit Tropenhelm auf dem Kopf. Sein Bauch hing über dem breiten Gürtel und an seinem Bein war ein langes Messer mit Lederriemen befestigt. Er sah aus, als käme er direkt aus dem brasilianischen Dschungel. Die Leute starrten ihm verwundert entgegen.

Breitbeinig postierte er sich am oberen Treppenabsatz und rief mit tiefer, durchdringender Stimme: »Wo bist du, Monarch? Ich will dir nichts tun. Ich will dich nur fangen. Komm zu Daddy!«

»Hier bin ich«, rief Alexander und winkte dem Mann zu. Als der den Jungen erblickte, rief er: »Und der Monarch?«

»Ist sie hier«, rief Alexander und zeigte auf Rebecca.

»Das darf doch nicht wahr sein!« Der Mann stapfte die Treppe herunter. Gleichzeitig packte die Kassiererin Alexander am Arm. »Jetzt habe ich aber die Nase voll«, schimpfte sie. »Ich rufe die Polizei!«

»Das gibt eine Strafanzeige«, rief der Mann im Tropenanzug und kam schnaufend näher. »Aber für Sie!« Drohend baute er sich vor der Kassiererin auf. »Lassen Sie den Jungen los. Sofort!«

Die Kassiererin schnappte nach Luft. »Aber ich ...«

»Loslassen, habe ich gesagt«, grollte er und seine Stimme klang wie ein heranziehendes Gewitter.

Die Kassiererin bekam einen hochroten Kopf, ließ Alexanders Arm los und stolzierte pikiert zurück zu ihrem Kassenhäuschen. Die Besucher hatten die Szene gespannt verfolgt und applaudierten spontan, dann setzten sie ihren Museumsbesuch fort.

Der Mann setzte ein breites Grinsen auf, dann wandte er sich den drei Freunden zu.

»Alexander!«, sagte er und packte ihn bei den Schultern. »Wir haben uns ja ewig nicht mehr gesehen.« Er schüttelte den Jungen durch wie einen Sack Nüsse.

»Ein Jahr lang«, erwiderte Alexander mit holperiger Stimme.

»Und trotzdem wiedererkannt«, freute sich der Mann. »Aber gewachsen bist du nicht gerade.«

»Es muss auch Leute geben, die noch durch eine Tür pas-

sen, wenn andere schon den Kopf einziehen«, sagte Alexander.

Der Mann grinste breit. »Gut gesagt!«

»Ihre Worte!«

»Ach ehrlich? Wusste gar nicht, dass ich so schlau bin.« Er richtete den Blick auf Joe und Rebecca. »Und wer ist das?«

»Meine Freunde«, antwortete Alexander. »Rebecca und Joe. Sie sind in das alte Dienstbotenhaus in Howard's End gezogen.«

»Interessante Gegend«, sagte der Mann. »Besonders der Friedhof. Schon ein paar versteinerte Mumien gesehen?«

Rebecca riss erstaunt die Augen auf. Doch der Mann winkte ab. »Alter Archäologen-Scherz.«

»Das ist Professor Peabody«, stellte ihn Alexander endlich vor. »Er arbeitet hier im Museum.«

»Ich kümmere mich um die Vogel-Abteilung«, erklärte er. »Deshalb wusste Alex auch, dass ich auf den Ruf eines Fatu Hiva Monarchen reagieren würde. Der fehlt nämlich noch in unserer Sammlung. Er ist extrem selten und sehr scheu.« Mit gerunzelter Stirn sah er Rebecca an. »Woher kannst du seinen Ruf so gut imitieren?«

»Habe ich in einer Doku gesehen und gehört«, sagte sie. »Ich kann mir Tierstimmen ziemlich gut merken und sie nachmachen. Ich kann auch so hoch pfeifen, dass alle Hunde zu winseln anfangen. Soll ich mal?«

»Später vielleicht«, wiegelte Joe ab. »Aber deshalb sind wir nicht hier.«

»Eigentlich wollten wir zu Direktorin Leicester«, sagte Alexander. »Wir haben ein paar Fragen wegen meiner Eltern.«

»Gestern war der Jahrestag ihres Verschwindens«, sagte Peabody ernst. »Komische Sache, das alles. Habe es eigentlich nie wirklich verstanden. Aber echte Genies wird man wohl nie ganz durchschauen.«

»Alexanders Eltern sind Genies?«, fragte Joe.

»Oh ja«, sagte Peabody mit großen Augen. »Sie hatten einen Riecher für die verborgenen Geheimnisse dieser Welt. Wenn die irgendwo angefangen haben zu graben, haben sie auch fast immer etwas gefunden. Für Museen ist so etwas natürlich großartig, aber sie haben sich damit nicht nur Freunde gemacht.«

Joe wurde hellhörig. »Wieso nicht?«

»Na ja«, sagte Peabody, »wenn einer immer schneller ist, wirst du irgendwann eifersüchtig.«

»Und fällt Ihnen da jemand Bestimmtes ein?«

»Mir fallen ein Dutzend Leute ein, die nicht traurig sind, dass Alexanders Eltern verschwunden sind.« Peabody legte die Stirn in Falten. »Am allerwenigsten hat wohl Dexter Ford um sie geweint. Mehr als einmal hat er monatelang vergeblich nach etwas gesucht, das Alexanders Eltern dann nach wenigen Wochen gefunden haben, oft sogar ganz in der Nähe von Fords Ausgrabungsstätte. Deshalb dachte er auch, dass da etwas nicht mit rechten Dingen zugeht.«

»Nicht mit rechten Dingen?«, fragte Rebecca. »Was meinen Sie damit?«

»Er dachte, dass Alexanders Eltern irgendwie an Informationen kamen, die anderen nicht zugänglich waren. Wie, das wusste er natürlich selber nicht. Aber er hielt es für nicht ausgeschlossen, dass sie dabei auch Mittel einsetzten, die normalerweise nicht in den Werkzeugkasten eines Archäologen gehören.« Peabody hob die Schultern. »Aber das sind Spekulationen. Und wer Ford kennt, weiß, dass er im Grunde niemandem etwas gönnt.«

»Wie sieht er aus?«, fragte Joe elektrisiert. »Ist er so ein großer Hagerer mit kantigem Gesicht und kalten Augen?«

Peabody schüttelte den Kopf. »Dexter Ford ist ein kleiner Dicker mit Doppelkinn und Schweinsaugen.«

Joe seufzte enttäuscht.

»Aber eure Beschreibung ist dennoch interessant«, sagte Peabody. »Sie passt nämlich auf einen Kerl, der gestern hier war.«

Joe stockte der Atem. »Er war hier?«

Peabody nickte.

»Was hat er gewollt?«, fragte Alexander.

»Ich weiß es nicht«, sagte Peabody. »Er wollte mit Direktorin Leicester sprechen. Und nur durch Zufall habe ich mit angehört, dass es dabei wohl um deine Eltern ging, Alexander.«

»Wir müssen sofort mit ihr sprechen«, sagte Alexander. »Können Sie uns zu ihr bringen? Die Kassiererin wollte uns nicht reinlassen.«

»Doktor Leicester ist heute Morgen nach Guatemala geflogen, um eine Ausgrabung zu leiten«, sagte Peabody bedauernd. »Sie kommt erst in drei Monaten zurück.«

Auf den Gesichtern der drei Freunde breitete sich Enttäuschung aus.

»Aber vielleicht kann euch der Vizedirektor helfen.« Peabody grinste. »Er könnte euch zum Beispiel zu Direktorin Leicesters Büro bringen, von wo aus ihr sie anrufen könntet.«

Joes Gesichtszüge hellten sich auf. »Das wäre super! Wer ist denn der Vizedirektor?«

»Ich«, sagte Peabody und das Grinsen auf seinem Gesicht wurde noch breiter.

7

Er sagte, er sei ein großer Verehrer deiner Eltern und wolle einmal den Ort sehen, an dem sie gearbeitet haben«, erklärte Direktorin Leicester am Telefon.

»Und er hat nicht seinen Namen genannt?«, fragte Alexander.

»Doch, nur … erinnere ich mich nicht mehr an ihn«, antwortete die Museumsdirektorin. »Oder er hat so genuschelt, dass ich ihn nicht verstanden habe.« Ihre Stimme verriet Nachdenklichkeit. »Das ist irgendwie komisch, meine Erinnerung an ihn ist so blass wie ein vergilbtes Foto, obwohl ich ihn erst gestern getroffen habe.« Sie seufzte. »Jedenfalls habe ich ihn nicht ins Büro deiner Eltern gelassen. Da könnte ja jeder kommen! Und der hier kam mir ganz besonders zwielichtig vor.«

»Wieso?«, fragte Alexander.

»Weil er so einen komischen Blick hatte«, sagte Direktorin Leicester. »Das ist das Einzige, an das ich mich ganz deutlich erinnere: seine kalten Augen.«

»Noch eine Frage, Mrs Leicester«, sagte Alexander. »Ich habe einen Brief bekommen, in dem ein unbeschriebenes Blatt Papier steckte. Der Umschlag war mit einem Wachssiegel verschlossen. Und die Briefmarke zeigte einen kleinen Laden mit der Unterschrift *Natural History Museum.«*

»Die Briefmarke ist eine Fehlpressung«, erklärte Direktorin Leicester. »Wieso sie in den Handel gekommen ist, weiß ich nicht. Eigentlich sollte die komplette Auflage vernichtet werden.«

»Eine Fehlpressung?«, fragte Alexander.

»Ja«, bestätigte Mrs Leicester. »Die Briefmarke sollte als Sondermarke zum hundertfünfunddreißigjährigen Bestehen des Natural History Museums herauskommen. Aber beim Druck ist etwas schiefgegangen und statt des Museums wurde das Bild eines kleinen Ladens verwendet. Das Missgeschick fiel erst auf, als die Marken schon gedruckt waren, und den Verantwortlichen blieb nichts anderes übrig, als die Auflage zu vernichten.«

»Und wieso klebt sie dann auf meinem Brief?«, fragte Alexander.

»Da bin ich überfragt«, antwortete die Direktorin.

Alexander seufzte. »Danke, Mrs Leicester. Sie haben uns sehr weitergeholfen. Viel Erfolg für Ihre Ausgrabungen!« Er legte auf und berichtete seinen Freunden, was er erfahren hatte. »Ob das derselbe Kerl war, der gestern in Amarak aufgetaucht ist?«, fragte er sich. »Aber was hat er hier gewollt?«

»Vielleicht findet ihr die Antwort im Büro deiner Eltern«, sagte Professor Peabody. »Der Schlüssel hängt im Büro der Direktorin. Ich gehe ihn schnell holen.«

»Darf ich den Brief mal sehen?«, bat Professor Peabody, als sie kurz darauf auf dem Weg zum Büro der Mercurius' waren.

Alexander zog ihn aus seiner Tasche und reichte ihn Peabody, der ihn interessiert betrachtete.

»Bei der Briefmarke handelt es sich wirklich um die Fehlpressung«, bestätigte er. »Ich habe mir damals auch ein paar genommen – heimlich. Ich sammle Briefmarken und Fehlpressungen sind sehr begehrt. Allerdings würde ich nie auf die Idee kommen, damit einen Brief zu frankieren.« Er wendete den Umschlag und blieb abrupt stehen.

»Was ist denn?«, fragte Alexander.

»Ich kenne das Siegel«, sagte Peabody. »Es stammt von einem Stempel, den ich mir mal ausgeliehen habe. Ist schon eine Weile her. Ich wollte einer Freundin zur Hochzeit einen besonderen Brief schenken und dachte, ein Wachssiegel würde sich da gut machen. Deshalb habe ich mir einen Siegelstempel ausgeliehen.« Er warf Alexander einen besorgten Blick zu. »Von deinen Eltern.«

Alexander riss erstaunt die Augen auf.

»Der Brief stammt von Alexanders Eltern?«, fragte Joe überrascht.

»Das habe ich nicht gesagt«, erwiderte Peabody. »Das Wachssiegel aber schon. Sie haben den Siegelstempel vor vielen Jahren bei einer Ausgrabung gefunden und bewahrten ihn in einer speziellen Box auf. In ihrem Büro.«

»Dann wurde der Brief vielleicht auch dort versiegelt«, sagte Rebecca aufgeregt.

»Wir müssen sofort ins Büro meiner Eltern«, sagte Alexander. Sie rannten los.

Als sie die Tür erreichten, blieben sie wie angewurzelt stehen: Sie stand offen!

»Das ist unmöglich«, sagte Peabody irritiert. »Ich habe den Schlüssel doch in meiner Hand!« Vorsichtig schob er die Tür auf. Im Inneren des kleinen Büros war es so dunkel, dass nur der Schatten des Schreibtischs in der Mitte des Raums zu erahnen war. Peabody tastete nach dem Lichtschalter und betätigte ihn. Der Anblick verschlug ihnen die Sprache: Der Boden war übersät mit Papieren, viele Bücher waren aus den Regalen an der Wand gerissen worden und die Schubladen des Schreibtischs waren weit herausgezogen. Das Büro sah aus, als hätte ein Wirbelsturm in ihm gewütet.

»Da war wohl jemand vor uns da«, fasste Joe die Lage zusammen.

»Und wir wissen auch, wer«, fügte Alexander hinzu.

»Der Mann mit dem kalten Blick«, flüsterte Rebecca Unheil verkündend.

»Ich rufe die Polizei«, sagte Peabody. »Hier handelt es sich um Einbruch, da hört der Spaß auf.«

»Lassen Sie uns ein paar Minuten«, bat Alexander. »Wenn die Polizei kommt, sperrt sie das Büro vielleicht als Tatort ab und wir kommen vorerst gar nicht mehr hinein. Ich muss aber wissen, ob der Siegelstempel wirklich von hier stammt. Und vielleicht gibt es noch weitere Hinweise, die uns auf die Spur meiner Eltern oder des Fremden bringen.«

Peabody rieb sich das Kinn. »Dann könnte es aber passieren, dass ihr vorhandene Spuren verwischt«, sagte er. »Das ist der Polizei bestimmt nicht recht.«

»Wir sind vorsichtig«, versprach Alexander.

»Außerdem glaube ich nicht, dass der Täter Spuren hinterlassen hat«, ergänzte Joe. »Jedenfalls keine, die zu ihm führen.«

»Wieso nicht?«, fragte Rebecca.

»Weil er dazu viel zu selbstsicher auftritt«, sagte Joe. »Erst in Amarak, dann hier. Mir scheint, dass er schon länger auf der Suche nach etwas ist. Wenn er Angst hätte, entdeckt zu werden, würde er sich bestimmt nicht so auffällig benehmen.« Joe fügte nachdenklich hinzu: »Unser Täter ist sich sicher, dass ihn niemand überführen kann. Nur deshalb kann er es sich leisten, wie ein Elefant im Porzellanladen aufzutreten.«

Peabody nickte. »Das leuchtet ein.«

»Nur ein paar Minuten«, bat Alexander noch einmal. »Wir sind auch ganz vorsichtig.«

Der Professor seufzte. »Wir machen es so: Ich gehe die Polizei rufen und ihr tut, was ihr für nötig haltet. Ich verspreche euch, dass es dauern wird, bis ich den Flur bis zu meinem Büro entlanggegangen bin und telefoniert habe. Schließlich bin ich nicht mehr der Jüngste.« Er zwinkerte ihnen zu. Dann machte er sich auf den Weg.

Sofort begannen Alexander, Joe und Rebecca damit, das Büro zu durchsuchen. Sie sahen in die halb geöffneten Schubladen, suchten die Regale ab und nahmen die auf dem Boden verteilten Papiere in Augenschein. Doch den Siegelstempel fanden sie nicht.

»Entweder war er gar nicht hier oder der Fremde hat ihn mitgenommen«, stellte Alexander nach ein paar Minuten fest.

Rebecca hob einen kaputten Bilderrahmen vom Boden auf. »Genau wie dieses Bild.« Sie zeigte Alexander den leeren Rahmen. »Weißt du, was darauf zu sehen war?«

Alexander dachte nach. »Wenn ich mich nicht irre, war es ein Foto von der Fußballmannschaft, in der mein Vater gespielt hat. Aber wieso sollte der Fremde daran Interesse haben?«

»Ich frage mich noch etwas ganz anderes«, sagte Joe. »Wieso haben deine Eltern das Büro hier behalten, wenn sie gar nicht vorhatten, jemals zurückzukehren?«

Alexander zog die Stirn kraus. »Was willst du damit sagen?«

»Nur mal angenommen, der Brief stammt tatsächlich von deinen Eltern und sie haben ihn hier versiegelt: Wieso schicken sie ihn dir ausgerechnet jetzt? Und wieso stecken sie ein leeres Blatt Papier hinein? Offenbar ahnten sie, dass du schnell Witterung aufnehmen würdest. Deshalb stellt sich die Frage: Wollen deine Eltern vielleicht, dass du nach ihnen suchst?«

Alexander verschlug es den Atem. »Du meinst, der Brief könnte ein Zeichen sein?«

Joe nickte. »Sofern es wirklich deine Eltern waren, die ihn abgeschickt haben. Dann könnte er Teil eines Rätsels sein, das nur du lösen kannst, weil du ihr Sohn bist.«

»Und was ist mit dem Fremden?«, fragte Rebecca.

»Er sucht nach etwas, das mit Alexanders Eltern zu tun hat«, sagte Joe. »Vielleicht ist der Brief auch gerade deshalb jetzt gekommen, weil dieser Typ aufgetaucht ist, und beides hängt zusammen.«

»Vielleicht ist es aber auch ganz anders, als du denkst«, gab Rebecca zu bedenken. »Könnte doch sein, dass der Brief nur ein Trick des Fremden ist, damit Alexander genau das denkt, was du gerade gesagt hast. Denn wenn Alex' Eltern ihrem Sohn eine Nachricht zukommen lassen wollten, hätten sie die doch auch einfach in den Brief schreiben können.«

»Und woher hat der Fremde dann die Briefmarke?«, fragte Alexander.

»Aus dem Büro deiner Eltern«, mutmaßte Rebecca. »Du hast doch Peabody gehört: Er hat sich ein paar der Fehlpressungen unter den Nagel gerissen. Das haben andere bestimmt auch getan. Vielleicht haben deine Eltern einige dieser Briefmarken hier im Schreibtisch aufbewahrt, zusammen mit dem Siegelstempel. Der Fremde hat beides genommen und den Brief an dich abgeschickt, weil er hofft, dass du darauf anspringst und zu suchen anfängst.«

»Aber wonach?«, fragte Alexander. »Und wieso taucht er auch persönlich in Amarak auf?«

»Um den Druck zu erhöhen«, sagte Joe. »Damit du merkst,

dass da was vor sich geht, und handeln musst. Das wäre ein perfekter Plan.« Er seufzte. »Es gibt da noch eine andere Sache.« Dann berichtete er von der Begegnung mit den beiden finsteren Typen und der schwarzen Limousine, die nachts durch Howard's End geisterte. Außerdem erzählte er Alex von dem Tunnel unter ihrem Haus.

»Die Sache mit dem *Meister* klingt merkwürdig«, sagte Alexander. »Und falls die Leute aus der Limousine und der Typ mit dem kalten Blick zusammengehören, ist das nicht besonders beruhigend. Wer weiß, wie viele andere Hintermänner der noch hat.« Er kam ins Grübeln. »Und ihr wisst nicht, was sich hinter der Tür befindet?«

Rebecca schüttelte den Kopf. »Wir haben nach einem Schlüssel gesucht, aber bislang keinen gefunden.«

»Ich bekomme morgen einen Dietrich«, sagte Joe. »Mit dem müsste die Tür zu öffnen sein, dann sehen wir weiter.«

Als kurz darauf die Polizei erschien, bedankten sich Alexander, Joe und Rebecca bei Professor Peabody und verließen das Museum. Einstein fuhr sie zurück nach Amarak, wo sie beschlossen, weitere Nachforschungen auf den nächsten Tag zu verschieben. Mittlerweile war es schon sehr spät geworden.

In dieser Nacht legte sich Joe auf die Lauer. Er wollte auf keinen Fall verpassen, wenn sich wieder seltsame Dinge unten auf der Straße oder auf dem alten Friedhof abspielten. Er wickelte sich in seine Bettdecke und schob einen Stuhl neben das Fenster. Dann versuchte er, es sich so bequem wie möglich zu machen, denn er stellte sich auf eine längere Wartezeit ein.

Doch schon wenige Minuten später spürte er, wie die Müdigkeit an seinen Augenlidern zerrte. Eine Weile wehrte er sich erfolgreich dagegen, dann kippte sein Kopf gegen den Fensterrahmen und er schlief ein. Er träumte, wie er einen Schacht grub, immer weiter, immer tiefer. Irgendwo da unten musste die Lösung liegen, da war er sich sicher. Die Lösung für ... Was genau war noch mal die Frage? Sie lag ihm auf der Zunge, aber es gelang ihm nicht, sie auszusprechen.

»Warum gräbst du?«, fragte plötzlich eine Stimme. Joe drehte sich um. Der Fremde stand hinter ihm, in der Hand einen Burger.

»Ich suche nach der Antwort«, sagte Joe.

»Dafür musst du nicht graben«, erwiderte der Fremde und lachte. Dann biss er herzhaft in seinen Burger und ...

Joe schreckte auf. War da was? Er spitzte die Ohren und hörte ein wogendes Geräusch, wie Wellen, die an den Strand rollen und verebben. Konnte das die Themse sein? Aber die hatte doch gar keine Strände und außerdem war sie viel zu weit weg. Joe hörte noch genauer hin und durch das sanfte Rauschen der Äste vor dem Fenster nahm er etwas wahr, das wie eine Melodie klang, ein Gesang von Männern, tief und kehlig.

Joe sah aus dem Fenster. Dichter Nebel versperrte ihm die Sicht zum alten Friedhof. Dennoch glaubte er, ein Flackern zu erkennen, das sich jenseits der Friedhofsmauer durch die dichten weißen Schwaden bewegte. Der Sing-

sang wurde lauter, die Lichter zahlreicher. War das eine Beerdigung? Mitten in der Nacht? Plötzlich riss die Nebelwand auf und Joe sah schemenhaft Männer in langen dunklen Kutten, die jenseits der Mauer über den Friedhof zogen und etwas sangen, das Joe nicht verstehen konnte. Nur die Melodie prägte sich ihm ein.

Dann verhüllte sie der Nebel wieder und plötzlich war auch der Gesang verschwunden. Joe wartete noch ein paar Minuten, aber als sich nichts mehr tat, zog er die Decke wieder fester um sich herum. Vielleicht war das bloß so eine Art Rollenspiel, dachte er. Oder es war ... Doch noch ehe er einen weiteren Gedanken fassen konnte, zog ihn der Schlaf zurück ins Reich der Träume.

8

Am nächsten Tag hatte Kevin den Dietrich vergessen, aber das war Joe eigentlich ganz recht, denn so konnte er noch einmal darüber nachdenken, ob es nicht noch eine andere Möglichkeit gab, die Tür im Schacht zu öffnen.

Nach der Schule wartete er bei *St. Paul's* auf Rebecca. Lässig am Mast einer Straßenlaterne lehnend beobachtete er die Leute, die an ihm vorüberströmten. Hier in der City oder auch *Square Mile,* wie das historische Zentrum Londons genannt wurde, arbeiteten nicht nur viele Einheimische, sondern es zogen auch endlose Karawanen von Touristen durch die Straßen. Joe erinnerte sich daran, dass sie vor ein paar Monaten selbst noch als Touristen unterwegs gewesen waren. Damals hatte Mom ihr Vorstellungsgespräch gehabt und Dad hatte in der Zwischenzeit mit ihm und Rebecca die dreihundertelf Stufen der Wendeltreppe im Turm vom Monument an der Fish Street mühsam erklommen. Oben waren sie dafür mit einem sagenhaften Blick über die Stadt belohnt worden. Bis nach Howard's

End konnte man von der Plattform unterhalb der vergoldeten Urne, die die Spitze des Monuments bildete, sehen.

Jetzt allerdings hätte Joe lieber Rebecca gesehen. Wo blieb sie nur? Oder hatte sie noch eine Stunde länger und heute Morgen vergessen, es ihm zu sagen?

Joe stieß sich von der Laterne ab und schlenderte zu den Läden, die rings um *St. Paul's* in den Erdgeschossen der Geschäftshäuser untergebracht waren. Einen CD-Laden fand er leider nicht, sonst hätte er ein bisschen neue Musik hören können. Musik war Joes große Leidenschaft und eigentlich ging er nie ohne seine Kopfhörer aus dem Haus. Aber ausgerechnet heute hatte er sie zu Hause vergessen. Heute Morgen war er nach der halb durchwachten Nacht so müde gewesen, dass er nicht nur die Kopfhörer, sondern auch die Hälfte seiner Schulsachen vergessen hatte einzupacken.

Jetzt erweckte ein Billigladen seine Aufmerksamkeit. Dort gab es manchmal coole Sachen für wenig Geld und Joe hatte schon so manches Schnäppchen gemacht. Doch als er die Auslage vor dem Geschäft absuchte, fand er nur nutzloses Zeug. Er warf einen Blick zur U-Bahn-Station, doch seine Schwester war noch immer nicht zu entdecken. Deshalb betrat Joe den Laden und sah sich um.

Es dauerte nicht lange und er wurde fündig: In einer Ecke des Ladens ruhte eine Palette mit Eisspray-Dosen. Joe kannte so etwas vom Physikunterricht in Bristol. Normalerweise wurde Eisspray verwendet, um bestimmte elektronische Bauteile auf ihre Funktionstüchtigkeit zu testen. Doch in einem Film hatte er mal gesehen, dass man mit einem solchen Spray auch Schlösser knacken konnte, indem man sie erst vereiste und dann mit einem Hammer auf sie einschlug. Im Film war das Schloss daraufhin wie ein Stück Glas zerbrochen. Vielleicht konnte Joe auf diese Weise die Tür im Tunnel unter ihrem Haus öffnen und sich die zwanzig Pfund für den Dietrich sparen. Das Spray kostete nämlich nur ein Pfund und einen Hammer hatten sie zu Hause. Kurzerhand kaufte Joe die Dose und verließ zufrieden das Geschäft.

Seine gute Laune wurde jedoch gleich wieder getrübt, als er sah, dass Rebecca immer noch nicht aufgetaucht war. Joe versuchte, sie per Smartphone zu erreichen, doch es meldete sich nur die Mailbox. Und dann fiel es ihm plötzlich ein: Sie hatte ja diesen Termin beim Kieferorthopäden! Dad hatte am Abend zuvor davon gesprochen, dass er sie direkt von der Schule abholen wollte. Da hätte Joe ja lange warten können! Leise vor sich hin fluchend machte er sich auf den Weg nach Hause.

Nachdem er an der Station *Canada Water* ausgestiegen war, passierte er das große Geschäftshaus in der Surrey Quays Road und bog links in die Needleman Street ein. Als er nach ein paar Hundert Metern die Christopher Close erreichte, kam ihm plötzlich die schwarze Limousine entgegen, die er schon zwei Mal in Howard's End gesehen hatte. Blitzschnell versteckte sich Joe hinter einem Baum und hoffte, dass ihn die Insassen nicht gesehen hatten. Langsam fuhr der Wagen vorüber und bog rechts in die Poolmans ein. Joe spürte, wie sein Herz klopfte. Was sollte er jetzt tun? Die Polizei rufen? Aber eigentlich war ja noch gar nichts passiert. Er hatte eine Limousine gesehen und war in einem Schnellrestaurant von einem Mann grimmig

angesehen worden. Selbst wenn diese Typen irgendwas planten, genügte das wohl kaum, damit die Polizei aktiv wurde. Dafür brauchte Joe mehr. Und deshalb rannte er los.

Er sprang über den Zaun, der die Häuser auf der rechten Seite von der Straße trennte, rannte in höllischem Tempo über den angrenzenden Parkplatz und kürzte damit die Strecke bis zur Poolmans Street ab. Als er sie erreichte, überquerte die Limousine gerade die kleine Brücke über den Albion Channel, der in die Themse führte. Wegen der Baustellen fuhr der Wagen so langsam, dass Joe ihn in leichtem Trab verfolgen konnte. Von Baum zu Baum hastend achtete er darauf, immer in Deckung zu bleiben, und als die Limousine kurz darauf links in den menschenleeren Marlow Way einbog, sprintete Joe schnell hinterher. Am Ende der Straße stoppte der Wagen. Zwei dunkel gekleidete Männer stiegen aus und verschwanden in einem Haus, das direkt an einem Ausläufer der Themse lag. Joe zog sein Smartphone aus der Tasche und wählte Alexanders Nummer.

»Hallo?«, meldete sich dessen Stimme.

»Hier ist Joe. Ich beobachte gerade den Wagen, der mir schon in Howard's End aufgefallen ist. Die schwarze Limousine, du weißt schon. Wenn du mich fragst, sind diese Typen ganz schön oft in unserer Gegend unterwegs.«

»Wo bist du?«, fragte Alexander.

»Marlow Way Ecke Bray Crescent«, erwiderte Joe. »Ich könnte Hilfe gebrauchen.«

»Ich bin gleich da«, sagte Alexander und legte auf – da kamen die beiden Typen auch schon wieder aus dem Haus heraus. Erst jetzt sah Joe ihre Gesichter: Es waren die Männer aus dem Schnellrestaurant.

Sie stiegen in die Limousine und fuhren davon. Joe wartete ab. Doch Alexander kam nicht.

»Mist«, fluchte Joe und versuchte, ihn noch einmal zu erreichen. Diesmal meldete sich die Mailbox. Joe überlegte fieberhaft, was er tun sollte. Die Gelegenheit war einfach zu günstig, um sie ungenutzt zu lassen. Er wusste zwar nicht, ob noch weitere Personen im Haus waren, doch das ließ sich leicht herausfinden. Joe verstaute sein Smartphone in der Tasche und huschte geduckt zur Eingangspforte. Er betätigte die Klingel ein paar Mal hintereinander und zog sich dann rasch hinter ein paar Mülltonnen zurück. Glücklicherweise war der Marlow Way eine Nebenstraße und es kamen nur selten Leute vorbei. Als nach einer Minute immer noch niemand die Tür geöffnet hatte, kam Joe wieder aus seinem Versteck hervor. Eine gut zwei Meter hohe Mauer trennte das Grundstück von der Straße ab. Jetzt könnte er wirklich langsam Hilfe gebrauchen, doch von Alexander fehlte weiterhin jede Spur. Deshalb zog er eine der Mülltonnen über den Gehsteig und postierte sie an der Mauer. Er wartete ab, bis eine ältere Dame vorübergegangen war, dann kletterte er auf die Tonne, hievte sich von dort aus auf die Mauer und sprang in den Garten. In Lauerstellung blieb er auf dem Rasen hocken und checkte die Lage. Alles ruhig, niemand rührte sich. Dann rannte Joe im Hausschatten bis zur Rückseite. Dort lag wie erwartet eine Terrasse, die man über den Garten erreichen konnte. Leise huschte er zur Terrassentür und drückte den Griff nach unten. Er konnte sein Glück kaum fassen: Die

Tür schwang auf! Joe schlüpfte ins Haus und schloss die Tür hinter sich. Dann sah er sich um.

Der Größe nach zu urteilen, handelte es sich bei dem Raum um das Wohnzimmer. Doch die Einrichtung war eher spärlich: Abgesehen von einem schmalen Teppich in der Mitte, auf dem ein kleines Tischchen stand, war er leer. Lediglich neun großformatige Gemälde hingen an den weiß getünchten Wänden. Sie zeigten Männer in unterschiedlichen Gewändern, vom Anzug über eine Art Rüschenkleid bis hin zu einer eisernen Rüstung. Alle Abgebildeten trugen eine auffällige Narbe auf der Stirn – als wäre es eine Art Erkennungszeichen. Joe durchquerte den Raum und den schmalen Flur, der sich anschloss.

Dahinter befand sich ein zweiter, der dem Wohnzimmer in Form und Größe ähnelte, nur hatte er keine Terrassentür und statt Bildern an den Wänden stand ein Schrank an der Wand, der Joe kaum bis zum Kinn reichte.

Schnell und leise durchsuchte Joe das übrige Haus, doch außer einem spärlich gefüllten Kühlschrank in der Küche und einigen achtlos hingeworfenen Reisetaschen in den oberen Stockwerken war nichts Ungewöhnliches zu entdecken.

Gerade wollte er sich daranmachen, eine der Taschen zu durchsuchen, da hörte er, wie unten ein Schlüssel in die Haustür gesteckt wurde. Joe raste die Treppe runter und schoss an der Haustür vorbei. Doch als er durch die Terrassentür fliehen wollte, war sie verschwunden und er begriff, dass er in seiner Panik die falsche Richtung eingeschlagen hatte. Zum Umkehren war es zu spät: Die Haustür wurde bereits geöffnet.

Joe sah sich hektisch um, doch abgesehen von dem Schrank gab es keine Möglichkeit, sich zu verstecken. Kurzerhand öffnete er die Türen, zog den Kopf ein und quetschte sich ins Innere. Dann krallte er die Fingernägel in die Zarge, damit die Tür nicht aufschwang. Die Haustür wurde geschlossen, Schritte kamen näher. Mit angehaltenem Atem spähte Joe durch das schmale Fliegengitter, das in den Türen des Schranks angebracht war und offenbar der Lüftung diente.

Die Absätze des Unbekannten klackten auf den Dielen. Joe beobachtete, wie zwei polierte Lackschuhe in die Mitte des Raums kamen, wo sie verharrten. Den dazugehörigen Körper konnte Joe nur etwa bis zur Hüfte sehen.

Der Unbekannte blieb stehen, dann passierte eine ganze Weile lang nichts. Im Schrank wurde es ziemlich warm und Joe begann zu schwitzen. Seine Haut wurde feucht und er spürte, wie ihm die Schrankzarge langsam aus den Fingern glitt. Lange würde er sie nicht mehr halten können und er wollte lieber nicht darüber nachdenken, was der Unbekannte mit ihm anstellen würde, wenn die Schranktür plötzlich aufklappte.

Joe spannte alle Muskeln an – als plötzlich sein Smartphone klingelte. Ihm blieb fast das Herz stehen. Die Lackschuhe fuhren herum, die Dielen knarrten – Joe war sich sicher, dass jetzt sein letztes Stündchen geschlagen hatte.

»Hallo?«, sagte eine Stimme. Joe öffnete den Mund, doch zum Glück kam kein Ton heraus.

»Und wieso rufst du erst so spät an?«, fragte die Stimme. Erst da begriff Joe, dass es nicht sein Handy gewesen war, das geklingelt hatte, sondern das des Unbekannten. Offenbar hatten sie denselben Klingelton, was nicht unwahrscheinlich war, weil Joe die vom Hersteller vorinstallierte Melodie noch nicht geändert hatte.

Ein Stein von der Größe des Himalaja fiel ihm vom Herzen, und als er durch das Fliegengitter beobachtete, wie der Unbekannte langsam vom Schrank wegging, nutzte er die Gelegenheit und wischte rasch die schweißnassen Hände an seiner Hose ab.

»Dann schafft mir den alten Mac endlich vom Hals«, sagte der Unbekannte und war endlich so weit entfernt, dass Joe auch seinen Kopf sehen konnte – allerdings nur von hinten. Joe lief ein kalter Schauer über den Rücken. *Alter Mac?* Hieß nicht der Friedhofswärter so, den Mom erwähnt hatte? Was hatte der Unbekannte mit ihm zu tun und wieso sagte er, sie sollten ihm den alten Mac *vom Hals schaffen?* Er war doch schon tot!

Joe schlug das Herz bis zum Hals, aber er konnte nichts machen. Oder vielleicht doch? Was waren seine Optionen? Die Schranktür aufstoßen und zur Haustür hetzen? Aber was sollte er tun, wenn der Unbekannte sie abgeschlossen hatte? Dann blieb nur noch der Weg durch das Wohnzimmer und in den Garten. Aber dort hatte er nichts vorbereitet, um über die Mauer zu kommen, und ohne Hilfsmittel würde er sie nicht überwinden. Je länger Joe darüber nachdachte, desto schlechter erschien ihm die Idee einer überstürzten Flucht. Ihm blieb nichts anderes übrig, als zu warten und darauf zu hoffen, dass der Unbekannte wieder fortging. Und falls er es nicht tat, dass Alexander die Polizei rief, wenn er Joe nicht vor dem Haus antraf.

»Bist du sicher?«, fragte der Unbekannte plötzlich mit

großem Interesse. »Und die Adresse?« Er lauschte. »Gut gemacht.« Dann legte er auf und drehte sich um – und als Joe sein Gesicht sah, bestätigte sich eine Ahnung, die schon eine ganze Weile in seinem Kopf herumgespuckt hatte: Es war niemand anderer als der Fremde, der versucht hatte, sich in Amarak Einlass zu verschaffen. Er verstaute das Smartphone in der Tasche seines Jacketts und wischte sich die Haare aus der Stirn. Da sah Joe die gleiche Narbe, die auch die Leute auf den neun Gemälden trugen. Doch er kam nicht dazu, darüber nachzudenken, was das bedeuten könnte, denn plötzlich hatte es der Fremde sehr eilig. Er wandte sich ab, ging mit raschen Schritten zur Tür und verließ das Haus.

Joe befreite sich aus seinem Versteck und hastete ihm nach. Durch den Haustürschlitz beobachtete er, wie der Fremde nach rechts in die Bray Crescent abbog. Sobald er hinter der Ecke des gegenüberliegenden Hauses verschwunden war, öffnete Joe die Tür ganz, verließ das Haus und hastete durch das Tor in der Mauer.

Eine Hand legte sich auf seine Schulter. Joe fuhr herum. Doch es war nur Alexander.

»Alles okay?«, fragte er besorgt.

Joe funkelte ihn zornig an. »Wo warst du denn?«

»Ich war hier«, sagte Alexander. »Und wo warst du?«

»Ich habe den Fremden belauscht, der gestern in Amarak war«, erklärte Joe und sein Zorn verflog. Schließlich konnte Alexander nichts dafür, dass Joe auf eigene Faust ins Haus gegangen war. »Mit dem stimmt definitiv etwas nicht«, fuhr er fort. »Jetzt geht er gerade die Crescent runter. Wir müssen hinterher. Komm!«

Sie nahmen die Verfolgung auf. Der Fremde hatte es offenkundig sehr eilig und achtete nicht auf das, was um ihn herum geschah. Joe und Alexander konnten ihm problemlos folgen.

Der Mann mit der Narbe folgte der Bray Crescent bis zum Ende, nahm dann die Surrey Water Road und bog schließlich in Dean Close ein, wo er in einem kleinen Laden verschwand. Joe und Alexander postierten sich in einiger Entfernung hinter einem parkenden Wagen.

»Was ist mit ihm?«, fragte Alexander, doch statt zu antworten, zog Joe sein Smartphone hervor. »Zuerst holen wir uns Verstärkung«, sagte er und wählte Rebeccas Nummer. Diesmal ging sie ran.

»Waff iff fof?«, fragte sie und Joe erinnerte sich daran, dass sie ja beim Kieferorthopäden gewesen war.

»Ich bin mit Alex in Dean Close«, sagte er knapp. »Wir beobachten den Fremden. Also komm her. Und bring ein Fernglas mit!«

9

Zehn Minuten später war Rebecca bei ihnen. Ohne Zahnspange.

»Wo ist er?«, fragte sie gespannt, nachdem sie sich zu Joe und Alexander hinter das Auto gehockt hatte.

»In dem kleinen Laden dort drüben«, sagte Joe und zeigte zur Schlosserei auf der gegenüberliegenden Seite. Rebecca spähte mit dem Fernglas rüber. »Das gibt's ja nicht!«, rief sie aus.

»Was ist?«, fragte Alexander.

»Ja, habt ihr das denn nicht gesehen?«, fragte Rebecca erstaunt zurück.

Alexander schüttelte verständnislos den Kopf. »Was gesehen?«

»Das ist der Laden von der Briefmarke!«, sagte Rebecca.

Joe und Alexander sahen hinüber zu dem kleinen Geschäft, auf dessen Schaufensterscheibe in Schnörkelschrift SCHLOSSEREI geschrieben stand. Und dann erkannten sie es auch.

»Du hast recht«, sagte Alexander. »In der Aufregung ist es uns offenbar gar nicht aufgefallen.«

»Er sieht auch etwas anders aus«, merkte Joe an. »Auf der Briefmarke ist er alt.«

»Trotzdem ist es eindeutig der Laden«, sagte Rebecca. »So langsam fügt sich eins zum anderen. Mann, das ist bestimmt 'ne ganz große Sache, der wir hier auf der Spur sind.«

»Was machen wir jetzt?«, fragte Alexander.

»Warten«, sagte Joe. »Bis er rauskommt. Dann sehen wir weiter.«

Die Zeit verging quälend langsam. Niemand verließ den Laden, niemand ging hinein. Es passierte schlichtweg gar nichts.

»Da stimmt was nicht«, sagte Joe nach einer halben Stunde. »Entweder macht der Typ dadrinnen ein Nickerchen oder ...«

»Oder?«, fragte Rebecca. Aber Joe schüttelte den Kopf. »Ich schleich rüber und seh nach, ob er überhaupt noch da ist. Wenn die Luft rein ist, winke ich euch.«

Rebecca und Alexander nickten stumm. In geduckter Haltung hastete Joe über die wenig befahrene Straße. Ein Fußgänger warf ihm einen kurzen Blick zu und ging dann weiter. Joe erreichte die gegenüberliegende Straßenseite und drückte sich mit dem Rücken an die Hauswand. Dann schob er sich Richtung Schlosserei, immer darauf bedacht, so nah an der Wand zu bleiben wie möglich. Als er nur noch ein paar Meter entfernt war, hörte er plötzlich ein auffälliges Husten, das ihm bekannt vorkam. Er starrte zur anderen Straßenseite, wo ihm Rebecca ein Zeichen machte. Und noch ehe Joe begriff, was es zu bedeuten hatte, hörte er schon, wie sich die Tür des Ladens öffnete. Eine Schuhspitze schob sich aus dem Eingang der Schlosserei, ein großer Körper folgte nach – das dazugehörige Gesicht blickte genau in seine Richtung. Für eine Sekunde glaubte Joe, gleich in Ohnmacht fallen zu müssen. Dann erkannte er, dass es nicht der Fremde war, der aus dem Laden gekommen war, sondern ein alter, knorriger Mann mit grauen Haaren und dem unfreundlichsten Gesichtsausdruck, den Joe je gesehen hatte.

»Was machst du da?«, blaffte er.

»Ich, äh ...«, stammelte Joe, und weil ihm absolut nichts einfiel, sagte er: »Ich stütze das Haus.«

Der Mann riss erstaunt die Augen auf. »Du tust ... was?«

Joe lächelte unbeholfen, doch dem Alten stieg bereits die Zornesröte ins Gesicht. »Sieh zu, dass du wegkommst«, schimpfte er. »Sonst ruf ich die Polizei.«

Joe tippte sich mit dem Finger an die Stirn und ging in die entgegengesetzte Richtung. Nach ein paar Schritten sah er sich um. Der Alte war offenbar wieder in seinem Laden verschwunden. Joe duckte sich und sprintete zurück. Auf allen vieren kroch er unter das Schaufenster und schob dann vorsichtig seinen Kopf hoch. Durch die verschmutzte Scheibe beobachtete er, wie der alte Mann im hinteren Teil seines Ladens verschwand. Joe konnte von seinem Platz aus den gesamten Innenraum überblicken. Der Fremde war nirgends zu sehen. Joe winkte Rebecca und Alexander zu sich.

»Er ist nicht da«, sagte er, als die beiden ihn erreichten.

»Das ist unmöglich«, sagte Rebecca. »Der kann sich doch nicht in Luft auflösen!«

»Vielleicht ist er durch den Hinterausgang verschwunden«, überlegte Alexander.

»Wie auch immer, jetzt ist er jedenfalls weg«, sagte Rebecca. »Und wir sollten möglichst schnell herausbekommen, wohin.«

»Dann nichts wie rein«, sagte Joe und öffnete die Ladentür.

Ein helles Klingeln kündigte ihren Besuch an.

»Ich komme gleich«, rief eine mürrische Stimme aus dem hinteren Teil des Ladens.

»Seht euch das an«, flüsterte Alexander und wies auf eine Reihe von Bildern an der Wand, die das Geschäft im Laufe der Zeit zeigten. Das älteste stammte laut Unterschrift von 1897 und war eine Zeichnung. Danach folgten Fotos von 1901, 1907, 1919 und so weiter. Mehr als zwanzig Bilder legten Zeugnis über die Vergangenheit der Schlosserei ab.

»Hier ist das Bild von der Briefmarke«, sagte Joe und betrachtete ein Foto in einem angestoßenen braunen Rahmen. Der Rand war etwas gestaucht, so als ob das Bild herausgenommen und ein wenig nachlässig wieder in den Rahmen zurückgesteckt worden wäre. »Jemand hat das Foto rausgenommen.«

»Niemand hat das Foto rausgenommen«, ertönte eine dunkle Stimme. Erschrocken drehten sich die drei Freunde um. Direkt hinter ihnen stand der unfreundliche Mann, der kurz zuvor Joe verscheucht hatte. »Dich kenn ich doch«, sagte er und funkelte Joe böse an.

»Wir haben nur Durst«, sagte Alexander. »Und Sie täten uns einen wirklich großen Gefallen mit einem Glas Wasser.«

»Ihr wollt Wasser?«, fragte der Ladenbesitzer.

Alexander nickte. »Wenn es Ihnen nichts ausmacht, Herr ...«

»Wilkinson«, sagte der Mann und hatte damit auch die Frage nach dem Inhaber beantwortet, denn auf der Schaufensterscheibe fand sich unter dem halbrunden Schriftzug SCHLOSSEREI inmitten eines hübschen Ornaments die Angabe *Inhaber: A. Wilkinson.*

»Ist doch heute gar nicht so heiß«, murmelte er kopfschüttelnd. »Na, dann kommt mal mit.« Er führte sie hinter die Theke durch eine Tür in eine kleine Küche, wo er drei Gläser mit Wasser füllte.

Alexander leerte seins in einem Zug. »Herrlich erfrischend«, sagte er dann. »Wahrscheinlich hat der Kunde vor uns auch nach Wasser gefragt, oder? Deshalb Ihre Bemerkung wegen der Hitze.«

»Du sagst es«, brummte Wilkinson. »Und als ich mit dem Glas zurückkomme, ist er verschwunden. Einfach so.« Er schnippte mit den Fingern.

»Vielleicht hatte er es eilig und ist gegangen«, mutmaßte Rebecca, aber der Schlosser schüttelte den Kopf. »Das hätte ich mitbekommen. Die Ladenklingel ist ziemlich laut. Muss sie auch sein, sonst höre ich ja nicht, wenn jemand reinkommt. Nein, der Kerl war einfach weg, so wie 'ne Wolke oder Nebel oder ein …«

»… Geist?«, fragte Alexander.

Wilkinson nahm den Jungen ins Visier. »Wieso kommst du mir so bekannt vor?«, fragte er misstrauisch. »Woher kenne ich dein Gesicht?«

Alexander versuchte, unschuldig zu gucken, und zuckte mit den Achseln.

»Vielleicht hat der Mann ja das Foto zurückgebracht«, sagte Rebecca. »Das wurde nämlich herausgenommen und wieder zurückgesteckt. Und zwar ziemlich eilig. Vielleicht hat der Fremde Sie nur nach einem Glas Wasser gefragt, um Sie abzulenken, und als Sie in die Küche gegangen sind, hat er schnell das Foto zurückgesteckt und ist … äh, verschwunden.«

Wilkinson schüttelte den Kopf. »Hier hat niemand ein Foto weggenommen oder zurückgebracht«, sagte er.

»Sicher?«, fragte Rebecca.

»Hat er sonst nichts gesagt?«, fragte Alexander.

»Schluss jetzt«, rief Wilkinson wütend aus. »Wieso fragt ihr mich so aus? Wer seid ihr? Und was wollt ihr wirklich?« Er nahm Joe ins Visier. »Du hast dich doch schon vorhin vor meinem Laden rumgetrieben. Wollt ihr mich etwa beklauen?«

»Aber nein«, versicherte Joe. »Wir wollten nur ...«

»... ein Glas Wasser«, sagte Wilkinson. »Und das habt ihr bekommen. Also raus jetzt mit euch. Auf Wiedersehn.«

Kurz darauf standen die drei Freunde auf der Straße vor dem Laden.

»Der weiß nichts«, sagte Joe.

»Doch, der weiß was«, widersprach Rebecca. »Vielleicht nicht über den Fremden, aber über das Foto.«

»Willst du nicht mal erzählen, was du in dem Haus des Fremden erlebt hast?«, fragte Alexander neugierig.

Rebecca hob erstaunt die Brauen.

Joe nickte. »Ich erzähle euch alles. Aber nicht hier. Ich schlage vor, wie gehen nach Amarak. Dann legen wir alle Fakten auf den Tisch.«

10

Eine Viertelstunde später saßen sie in Alexanders Zimmer und Joe berichtete von seinem Abenteuer im Haus des Fremden. Als er geendet hatte, seufzte Alexander schwer. »Das hätte leicht schiefgehen können.«

Joe nickte. »Aber die Gelegenheit war günstig. Ich musste es einfach tun. Und dadurch wissen wir jetzt endlich, dass der Fremde und die beiden Typen in der Limousine zusammengehören. Die kundschaften für ihn bestimmt die Gegend aus.«

»Aber was will er von Alex?«, fragte Rebecca und starrte nachdenklich aus dem Fenster.

»Vielleicht den Brief«, sagte Joe. »Immerhin ist er am selben Tag angekommen, als auch der Fremde das erste Mal aufgetaucht ist.«

»Aber in dem Brief steht ja nichts drin«, gab Alexander zu bedenken.

»Außerdem war es vermutlich auch der Fremde, der versucht hat, ins Büro deiner Eltern im Natural History

Museum einzubrechen«, sagte Rebecca. »Also hat es wahrscheinlich eher was mit deinen Eltern zu tun.«

»Und mit ihrem Verschwinden«, murmelte Joe und rieb sich nachdenklich das Kinn. »Alles sehr mysteriös.«

»Genauso wie die Sache mit dem Wolf«, fügte Rebecca hinzu.

»Was für ein Wolf?«, fragte Alexander.

»Joe glaubt, dass er einen Wolf gesehen und gehört hat«, erklärte Rebecca. »Ein ziemlich dickes Viech, oder?«

»Ich bin mir nicht ganz sicher«, sagte Joe. »Ich habe ihn nachts auf dem Friedhof gehört – aber vielleicht habe ich mir das auch nur eingebildet.«

»Vielleicht aber auch nicht«, sagte Rebecca. »Vielleicht war es der Fremde.«

»Ich dachte, es war ein Wolf.« Alexander hob fragend die Augenbrauen.

»Vielleicht ist der Fremde ein Wolf«, erklärte Rebecca. »Ein Werwolf, um genau zu sein.«

Alexander starrte sie mit großen Augen an. »Ein Werwolf?«

Rebecca nickte. »Tagsüber schleicht er herum und erkundigt sich nach deinen Eltern, nachts verwandelt er sich in einen Werwolf. Denk nach, Alex: Haben deine Eltern, bevor sie verschwanden, irgendetwas über einen Werwolf erzählt?«

Alexander schüttelte den Kopf. »Daran würde ich mich erinnern. Außerdem: Werwolfe gibt es doch gar nicht wirklich.«

»Es gab aber Wolfsmenschen«, sagte Joe. »Menschen, die wie Wölfe gelebt haben.«

»Möglich«, pflichtete Alexander ihm bei. »Aber ein Werwolf ist ja ein Mensch, der sich komplett in einen Wolf verwandelt. Ich glaube nicht, dass es so was gibt.«

»Ich muss euch noch etwas erzählen«, sagte Joe. »Letzte Nacht bin ich aufgewacht und habe aus dem Fenster gesehen. Es war zwar neblig, aber ich bin mir ziemlich sicher, dass da eine Gruppe von Leuten mit Lampen über den Friedhof gezogen ist.«

»Und was haben die gemacht?«, fragte Alexander. Joe zuckte mit den Schultern. »Ich war einen Moment lang abgelenkt und plötzlich waren sie weg. Aber sie haben so merkwürdig gesungen, so eine Art Sprechgesang.«

»Rap?«, fragte Rebecca.

»Eher wie eine Beschwörung«, sagte Joe.

»Das macht doch alles überhaupt keinen Sinn«, meinte Alexander und seufzte.

»Bleiben wir bei dem, was wir wissen«, sagte Rebecca. »Welche Fragen stellen sich dann?«

»Wer sind der Fremde und seine Leute«, sagte Joe. »Und was wollen sie?«

»Was hat der Schlosser damit zu tun?«, ergänzte Alexander.

»Und was der Friedhofswärter«, überlegte Joe. »Der Fremde hat ihn ausdrücklich erwähnt und auch seinen Tod. Vielleicht hilft uns diese Spur ja, etwas über diesen Typen und seine Absichten herauszufinden.«

»Wenn wir nur wüssten, wie er heißt«, murmelte Rebecca.

»Wir recherchieren im Internet«, schlug Alexander vor. »Vielleicht kriegen wir da seinen Namen raus.« Er setzte sich an seinen Computer und legte los. In diesem Augenblick wurde gegen die Tür geklopft und Einstein betrat das Zimmer.

»Die Getränke für die jungen Herrschaften«, sagte er und stellte die Gläser auf den Tisch.

»Ach, Herr Einstein«, sagte Joe. »Wissen Sie zufällig, wie der Friedhofswärter hieß, der früher bei uns in der Nummer achtzehn gewohnt hat?«

Der große hagere Mann dachte kurz nach und schüttelte dann den Kopf. »Tut mir leid.«

Joe zuckte mit den Achseln. »Einen Versuch war es wert.« Er runzelte die Stirn. »Wieso benutzen Sie eigentlich nicht den Zimmerlift?«

»Weil ich dem jungen Herrn etwas mitzuteilen habe«, sagte Einstein, doch Alexander war bereits ganz in seine Nachforschungen vertieft.

»Jetzt nicht«, sagte er abwesend. »Wir sind gerade beschäftigt. Später, ja?«

»Sehr wohl.« Einstein verbeugte sich kurz und zog sich dann zurück. Die drei begannen mit der Arbeit.

»Ich habe hier einen Artikel über eine Friedhofsbegehung inklusive Foto des Friedhofswärters«, sagte Alexander. »Demnach hieß er Jacob MacMyrkahn. Ziemlich ungewöhnlicher Name. Und seht mal die auffällige Brosche an seiner Jacke: ein Auge in einem Dreieck.«

»Hier ist seine Todesanzeige«, sagte Rebecca, die mit ihrem Smartphone das Internet durchforstete. »Er ist am 15. März diesen Jahres gestorben und wurde auf dem alten Friedhof beigesetzt.«

»Und einen Monat später wieder ausgegraben«, sagte Joe

mit Blick auf sein Smartphone. »Hier ist ein Artikel aus der *London Tribune*. Es gab da wohl Zweifel an der Todesursache. Ich les mal vor: *Nachdem ein Beamter der Stadt den Ball ins Rollen gebracht hatte, wurde die Sache von der Staatsanwaltschaft verfolgt. Jahrelang hatte sich niemand für das alte Haus in Howard's End interessiert, nun trat ein Käufer mit großer Vehemenz auf den Plan. Doch seine Kaufabsichten wurden mit dem Hinweis abgewiesen, dass Jacob MacMyrkahn das Haus auf Lebenszeit bewohnen dürfte. Drei Wochen später war er tot. Als offizielle Todesursache gab der Amtsarzt Herzversagen an und MacMyrkahn wurde auf dem alten Friedhof bestattet. Als ein paar Tage später durch Zufall zwei Beamte aus verschiedenen Verwaltungen auf die Sache zu sprechen kamen, fiel ihnen der Zusammenhang zwischen dem Tod des Friedhofwärters und den Kaufabsichten auf. Sie informierten die Staatsanwaltschaft, die die Exhumierung des Leichnams anordnete. Doch als das Grab ausgehoben und der Sarg geöffnet wurde, war Jacob MacMyrkahns Leiche verschwunden.*«

»Verschwunden?«, fragte Rebecca. »Eine Leiche kann doch nicht einfach verschwinden!«

»Was ist mit dem Käufer?«, fragte Alexander.

Joe scrollte weiter. »Spurlos verschwunden«, sagte er. »Und alle Angaben zu seiner Person waren falsch. Deshalb wurde das Haus schließlich zum öffentlichen Verkauf angeboten und von einer Familie aus Bristol erworben.«

»Das sind wir«, sagte Rebecca.

Alexander zog die Stirn kraus. »Und du meinst, der Fremde hat etwas mit dem Verschwinden der Leiche zu tun?«

Joe rieb sich nachdenklich die Stirn. »Er sagte: *Dann schafft mir den alten Mac endlich vom Hals.* Keine Ahnung, was er damit meinte.«

In dem Moment kam Einstein erneut herein und erinnerte die Freunde daran, dass es schon spät war.

»Wir machen morgen weiter«, sagte Joe und stand auf. Er und Rebecca machten sich auf den Weg nach draußen.

»Ich bring euch noch zur Tür«, sagte Alexander und fragte Einstein im Vorübergehen: »Was wolltest du mir eigentlich vorhin sagen?«

»Mein Cousin hat sich gemeldet«, antwortete der Diener. »Der bei der Post arbeitet.«

Alexander blieb wie angewurzelt stehen. »Und?«

»Er hat herausgefunden, wo der Brief abgestempelt wurde. Das war offenbar gar nicht so einfach, aber er ist sich ziemlich sicher, dass es ein Versandservice in Luton war, denn nur die haben ein besonderes Zeichen in der rechten oberen Ecke ...«

Joe drehte sich erstaunt um. »Sie haben die Adresse?«

Einstein nickte. Die drei Freunde starrten sich eine Sekunde lang an, dann packten sie den verdutzten Diener und schoben ihn eilig die Treppe hinunter.

11

Der Angestellte im Versandservice staunte nicht schlecht, als ein Jaguar Mark I vor seinem Laden hielt und drei Jugendliche mit ernsten Gesichtern ausstiegen.

»Guten Tag«, sagte einer der Jungen, nachdem das Trio den Laden betreten hatte. »Ich hätte eine Frage die Abstempelung einer Postsache betreffend. Fällt das in Ihren Zuständigkeitsbereich?«

Dem Angestellten stand vor Staunen der Mund offen. »Was?«

»Zeig ihm den Brief«, sagte der andere Junge und der erste zog einen Umschlag hervor.

»Wäre es möglich, dass Sie sich den Poststempel ansehen und mir mitteilen, ob er von dieser Filiale stammt?«, fragte er. Der Angestellte nahm ihm den Brief ab. Der Stempel war zwar ziemlich verwischt, aber die rechte obere Ecke war dennoch zu erkennen: ein fliegender Hut.

»Der Brief wurde hier abgestempelt«, sagte er. »Das ist unser Stempel: das Wappen des Luton-Fußball-Clubs.«

»Und gibt es eine Möglichkeit herauszufinden, wer ihn abgestempelt oder entgegengenommen hat?«, fragte der Junge und wurde immer aufgeregter. Der Angestellte schüttelte bedauernd den Kopf. »Hier werden täglich Hunderte Briefe abgegeben und abgestempelt. Dass wir ausgerechnet bei diesem eine Notiz gemacht haben, ist mehr als unwahrscheinlich. Tut mir leid.« Er reichte dem Jungen den Umschlag zurück, doch der machte keine Anstalten, ihn anzunehmen.

»Könnten Sie vielleicht trotzdem nachsehen?«, bat er. »Vielleicht haben wir ja Glück.«

Der Angestellte zog die Stirn kraus. Was waren das für komische Kids? Wollten die ihn bloß veräppeln? Oder wurde er heimlich gefilmt und das Video später ins Internet gestellt – wo ihn Millionen Leute dabei beobachteten, wie er seine Unterlagen durchwühlte und nach einer Notiz suchte?

Das würde er nicht mit sich machen lassen. So dumm war er nicht! Er reichte dem Jungen den Umschlag zurück. »Zwecklos«, sagte er. »Absolut und total zweck…«

In diesem Augenblick öffnete sich die Fahrertür des Jaguars vor der Tür und ein großer, hagerer Mann in schwarzem Anzug stieg aus, stellte sich neben den Wagen und nickte dem Angestellten zu. War das ein Totengräber? Oder jemand von der Mafia? Dem Angestellten wurde flau im Magen.

»Ich seh trotzdem mal nach«, murmelte er rasch und unterzog den Brief einer genauen Prüfung. Auf der Rückseite fand er einen kleinen Barcode und scannte ihn ein. Auf dem Bildschirm seines Computers erschien die Versandbestätigung.

»Ihr habt Glück«, sagte er. »Es gibt hier tatsächlich eine Notiz. Der Brief wurde vor einem Jahr hier abgegeben, und zwar mit der Anweisung, ihn abzuschicken, wenn eine ganz bestimmte Person nach ihm fragen würde.«

»Vor einem Jahr?«, fragte der Junge mit großen Augen.

»Welche Person?«, fragte der andere. Der Angestellte drehte ihnen den Monitor zu. »Hier ist ein Foto«, sagte er. Als die drei Jugendlichen das Bild sahen, schien ihnen für einen Moment die Luft wegzubleiben.

»Wer hat den Brief abgegeben?«, fragte das Mädchen.

Der Angestellte drehte den Bildschirm zurück und kontrollierte den Eintrag. »Ein Herr Beryll«, sagte er. »Sekunde, hier ist noch ein zweiter Eintrag.« Er sah sich die zweite Seite des elektronischen Dokuments an – und diesmal war er es, dem der Atem stockte: Dort war ein Bild eines der beiden Jungen zu sehen.

»Das bist ja du«, sagte er überrascht. »Heißt du Alexander Mercurius?«

Der Junge nickte. Der Angestellte öffnete eine Schublade, zog einen Schlüssel heraus und übergab ihn dem Jungen. »Bitte sehr«, sagte er. »Hier steht, dass dir dieser Schlüssel übergeben werden soll, wenn du nach dem Brief fragst.«

Der Junge betrachtete den Schlüssel skeptisch. »Wofür ist der?«

»Für eins unserer Schließfächer«, antwortete der Angestellte und wies mit der Hand hinter sich, wo ein Durchgang in einen weiteren Raum führte.

»Haben Sie dem anderen Mann den Schlüssel auch gezeigt?«, fragte der Junge. Der Angestellte schüttelte den Kopf. »Nein, die Anweisung hier ist eindeutig: Den Schlüssel bekommt Alexander Mercurius. Niemand sonst.«

Im hinteren Raum waren die Wände mit Schließfächern gepflastert. Jedes war etwa zwanzig Zentimeter breit und zehn Zentimeter hoch. Die Vorderseiten der Fächer waren silbern und auf der rechten Seite mit einer Nummer gekennzeichnet, auf der linken Seite befand sich das Schloss.

»Wow«, staunte Joe. »Sieht aus wie in dem Agentenfilm, den wir letzte Woche gesehen haben.«

»Was da wohl drin ist«, fragte sich Rebecca und strich gedankenversunken mit der Hand über die Fächer.

»Briefe«, sagte Alexander. »Meine Eltern hatten auch immer ein Schließfach, in jeder Stadt, in der sie arbeiteten. So etwas braucht man, wenn man keine feste Adresse hat, an die die Post geschickt werden kann.«

»Oder wenn man ein Geheimnis verwahren will«, fügte Rebecca flüsternd hinzu.

»Das Bild auf dem Monitor zeigte den Fremden«, sagte Joe nachdenklich. »Deine Eltern wussten, dass er hier auftauchen würde. Die Frage ist nur, warum?«

»Vielleicht waren es wirklich Alexanders Eltern, die den Brief hier aufgegeben haben«, sagte Rebecca.

»Welche Nummer steht auf dem Schlüssel?«, fragte Joe.

»Einhundertsiebenunddreißig«, sagte Alexander und nach kurzer Suche hatten sie es gefunden. Alex steckte den Schlüssel ins Schloss und drehte ihn herum. Im

Schließfach befand sich ein Kasten mit einem Griff an der Vorderseite. Alexander zog ihn heraus und legte ihn auf den Tisch, der in der Mitte des Raums stand. Er hob den Deckel an. In der Kiste lag ein alter Schlüssel. Alexander nahm ihn heraus und betrachtete ihn von allen Seiten. An der Kopfseite hatte der Schlüssel eine Gravur.

»Hast du den schon mal gesehen?«, fragte Joe. Alex schüttelte den Kopf. »Nein, der sagt mir gar nichts.«

»Was ist mit dem Brief?«, fragte Rebecca und zeigte auf das Blatt Papier in der Kiste. Alexander nahm es und faltete es auseinander. Es war ein DIN-A4-Bogen mit einem Gewirr von Linien.

»Sieht aus wie ein U-Bahn-Plan«, sagte Joe. »Allerdings einer, bei denen die Bahnlinien immer wieder unterbrochen sind.«

»Könnte der Plan etwas mit deinen Eltern zu tun haben?«, fragte Rebecca.

Alexander zuckte mit den Schultern. »Möglich. Das könnte der Plan einer Ausgrabung sein oder aber einfach nur Gekritzel. Schwer zu sagen.«

»Sonst ist nichts drin?«, fragte Rebecca.

Alexander untersuchte die Kiste. »Nein.«

»Verrückt!«, rief Rebecca enttäuscht aus. »Das ergibt doch alles keinen Sinn: Dieser Fremde taucht hier auf, weshalb ein leeres Blatt Papier an Alexander geschickt wird, das zu einem Schließfach führt, in dem ein Schlüssel und irgendein Gekrakel sind!«

»Es muss ein Rätsel sein«, murmelte Joe.

»Oder ein ganz blöder Scherz«, sagte Rebecca muffig.

»Falls es der Fremde war, der durch die Tür in eurem

Tunnel gesehen hat«, überlegte Alexander, »dann könnte ...«

»... das der Schlüssel sein, der zu der Tür passt«, beendete Rebecca aufgeregt den Satz. »Natürlich, das ist es! Der Fremde will den Schlüssel haben, und wer auch immer ihn hier versteckt hat, wollte nicht, dass er ihn bekommt.«

»Aber wozu braucht der Fremde den Schlüssel zu einer Tür, auf dessen andere Seite er auch ohne kommt?«, gab Joe zu bedenken.

»Das finden wir heraus, wenn wir die Tür geöffnet und nachgesehen haben, was sich dahinter verbirgt«, sagte Rebecca. »Wir müssen sofort nach Hause und ausprobieren, ob der Schlüssel passt!«

Doch das war leichter gesagt als getan, denn inzwischen war es schon ziemlich spät geworden. Joe hatte mittlerweile drei verpasste Anrufe seines Vaters auf dem Handy. Es war klar, dass sie, wenn sie zu Hause waren, unmöglich gleich in ihren Zimmern und dann in dem geheimen Gang verschwinden können würden. Wahrscheinlich warteten die Eltern schon mit dem Abendessen. Aber sie konnten den Schlüsseltest unmöglich auf morgen verschieben, deshalb schmiedeten die drei Freunde einen Plan und nach anfänglichem Zögern willigte Einstein ein, dabei mitzumachen.

»Da seid ihr ja endlich«, sagte Jack Bookman, als er die Tür öffnete. »Wir haben schon langsam angefangen, uns Sor...« Er endete abrupt, als statt seiner Kinder ein großer, hagerer Mann vor der Haustür stand.

»Guten Abend«, sagte der Mann und verbeugte sich ein wenig steif. »Mein Name ist Einar Stein.«

»Du kannst ihn aber auch Einstein nennen«, sagte Rebecca und trat hinter dem Mann hervor, dicht gefolgt von Joe und Alexander.

»Das sind Alexander und sein Angestellter Einstein«, erklärte Joe. »Sie wohnen in dem großen Haus am Ende der Straße.«

»Wer ist es denn?«, fragte Sara Bookman und kam zur Tür.

»Gnädigste«, erwiderte Einstein und deutete eine Verbeugung an.

»Gnädigste? Das ist aber nett.« Sara Bookman lächelte. »Aber Jack, was bist du denn so unhöflich: Bitte unseren Besuch doch herein!«

»Äh, ja sicher«, sagte Jack Bookman und trat zur Seite. »Kommen Sie doch herein, Herr ... äh, Stein? Einstein?«

»Ganz, wie es Ihnen beliebt«, erwiderte Einstein und betrat das Haus.

Kurze Zeit später saßen sie im Wohnzimmer und tranken Tee.

»Und Sie wohnen am Ende der Straße?«, fragte Sara Bookman und lächelte ihren Gast an. »In dem großen Haus?«

Einstein nickte. »Dort wohnen der junge Herr und meine Wenigkeit.«

»Der junge Herr?« Sara Bookman warf Alexander einen amüsierten Blick zu.

»Wollten wir Alex nicht unsere Zimmer zeigen?«, fragte Rebecca ihren Bruder.

»Äh ja, genau«, gab Joe zurück und stand vom Sofa auf. »Wir sind gleich wieder da«, sagte er zu den Erwachsenen. »Ihr könnt euch ja in der Zwischenzeit unterhalten.« Joe, Rebecca und Alexander stürmten los.

»Wartet doch mal«, rief Jack Bookman, doch die drei Freunde waren schon auf und davon. Verwirrt sah er zurück zu seinem Besuch. »Äh ja, also ...« Er suchte nach der richtigen Frage, um das Gespräch fortzuführen. »Sind Sie denn mit *dem* Einstein verwandt?«

Joe holte noch einen Hammer aus dem Werkzeugkasten seines Vaters, dann hasteten die drei Freunde die Stufen hoch und verschwanden in Joes Zimmer. Rebecca wollte das Regal zur Seite zu schieben, doch Joe hielt sie zurück. »Warte!«

»Was ist?«

»Einer muss Schmiere stehen.«

Rebeccas Miene verfinsterte sich. »Und wieso ausgerechnet ich?«

»Weil ich noch eine andere Möglichkeit habe, das Schloss zu öffnen, falls der Schlüssel nicht passt.« Er zeigte ihr das Eisspray.

»Na und?«, gab Rebecca unbeeindruckt zurück. »Das kann ich doch auch benutzen.«

»Aber ich habe es gekauft«, sagte Joe. »Komm schon, Becca, wenn wir die Tür aufbekommen, warten wir bis morgen, damit wir alle zusammen reingehen können. Das verspreche ich dir. Okay?«

Rebecca schnaubte. »Okay. Aber nur ausprobieren, nicht auskundschaften!«

»Versprochen«, sagte Joe. Dann nickte er Alexander zu. »Auf geht's!« Damit verschwanden die beiden Jungen im Loch in der Wand.

»Wow«, sagte Alexander anerkennend, als er und Joe durch den Schacht krochen. »Und das habt ihr einfach so gefunden?«

»Rebecca«, sagte Joe. »Von ihrem Zimmer aus. Hier geht's runter.« Joe kletterte die Eisenleiter hinab. Alexander folgte ihm. Nachdem sie den Grund erreicht hatten, eilten sie durch den Tunnel zur Tür, wo Alexander den Schlüssel aus der Tasche zog.

»Sekunde«, sagte Joe und beugte sich hinunter. »Ich will nur auf Nummer sicher gehen.« Er linste durch das Schlüsselloch und horchte an der Tür. Nichts rührte sich.

»Die Luft ist rein«, sagte er und trat zur Seite. Alexander steckte den Schlüssel ins Schloss und versuchte, ihn zu drehen – ohne Erfolg.

»Vielleicht musst du ihn andersherum drehen«, schlug Joe vor. Alexander tat es. Doch der Schlüssel bewegte sich keinen Millimeter.

»Probier du es mal«, sagte Alexander und überließ seinem Freund das Feld. Joe versuchte sein Glück, doch auch er mühte sich umsonst ab. »Und ich war mir so sicher. Mist!«

»Wenn er hier nicht passt, wo dann?«, fragte Alexander.

Joe zuckte mit den Achseln und zog die Dose mit dem Eisspray aus der Tasche. »Ich habe mal in einem Film gesehen, dass man mit so was auch Schlösser knacken kann.« Er hob die Dose und sprühte ins Schloss.

Alexanders Miene wirkte skeptisch. »Und du meinst, das klappt?«

»Werden wir gleich sehen«, sagte Joe und reichte Alexander die Dose. Dann nahm er den Hammer und schlug auf das Schloss ein.

»Tut sich was?«, fragte Alexander.

»Eher nicht«, sagte Joe enttäuscht.

»War vielleicht nicht genug Spray«, überlegte Alexander. »Soll ich mal?«

TOCK – TOCK – TOCK!

Joe zuckte zusammen. »Was war das?«

»Hörte sich wie ein Klopfen an«, erwiderte Alexander. Sie lauschten.

TOCK – TOCK – TOCK!

»Also von der Tür kommt das nicht.«

Joe riss die Augen auf. »Das ist Rebecca«, rief er aus. »Unsere Eltern sind auf dem Weg nach oben. Schnell, wir müssen zurück!«

Wie von der Tarantel gestochen rasten sie durch den Tunnel, kletterten die Eisenleiter hoch und krochen durch den Gang. Als Joe den Kopf in sein Zimmer schob, winkte ihm Rebecca hektisch zu.

»Sie sind gleich da«, rief sie aufgeregt. Joe wand sich aus dem Eingang, Alexander folgte ihm auf dem Fuß. Eilig schoben sie das Regal vor das Loch – da wurde die Tür auch schon geöffnet. Joe griff zwei Comics aus dem Regal neben sich, warf Alexander einen zu und tat so, als würde er lesen.

»Da seid ihr ja«, sagte ihr Vater und steckte seinen Kopf ins Zimmer. »Einstein will nach Hause gehen. Und wir müssen uns hier auch langsam fertig machen. Ich würde sagen, ihr macht für heute Schluss. Ihr könnt euch ja morgen nach der Schule wieder treffen.«

»Super Idee«, sagte Joe und grinste Alexander an.

»Ja, echt super Idee«, sagte Alexander und grinste Herrn Bookman an.

Jack Bookman kräuselte die Stirn. »Alles in Ordnung?«, fragte er.

»Ja, alles in Ordnung«, sagte Joe grinsend.

»Alles bestens«, bestätigte Alexander.

»Lest ihr eure Comics immer auf dem Kopf?«, fragte Jack Bookman.

»Auf dem Kopf?« Joe senkte den Blick. Erst jetzt fiel ihm auf, dass er das Heft verkehrt herum hielt. »Ach so«, lachte er. »Das ist eine Aufgabe von unserer neuen Lehrerin. Schult die Intelligenz oder so. Wir lesen jetzt alles auf dem Kopf. Nicht nur Comics.«

Jack Bookman seufzte. »Na, dann.« Er verließ das Zimmer. Joe atmete erleichtert auf. »Das war knapp.«

»Was ist mit dem Schlüssel?«, fragte Rebecca.

»Er passt nicht«, sagte Alexander.

»Und der Gegenstand aus dem Wohnzimmer? Den ich hinter der Fußleiste entdeckt habe?«

»Habe ich nicht gesehen«, sagte Joe. »Obwohl ich auf dem Hinweg nach ihm gesucht habe.« Er stieß einen Seufzer aus. »Wir haben so viele Puzzleteile, aber sie ergeben immer noch kein einheitliches Bild.«

»Heute lösen wir das Rätsel nicht mehr«, sagte Alexander. »Und bevor eure Eltern noch misstrauischer werden, sollten Einstein und ich lieber gehen.«

Joe nickte. »Wir machen morgen weiter. Vielleicht fällt ja bis dahin noch jemandem was ein.«

»Alles klar«, sagte Alexander.

»Und der Schlüssel?«, fragte Rebecca.

Alexander sah sie fragend an. »Was soll damit sein?«

»Kann ich ihn haben? Heute Nacht?«

»Traust uns wohl nicht über den Weg«, murrte Joe.

»Doch, ich traue euch«, widersprach Rebecca.

»Und wozu willst du ihn dann haben?«, fragte Joe. Doch anstatt zu antworten, biss sich seine Schwester auf die Lippen.

»Schon in Ordnung«, sagte Alexander und reichte ihr den Schlüssel. »Ich kann heute sowieso nichts mehr mit ihm anfangen.«

Später im Bett konnte Joe nicht einschlafen. Die Gedanken schwirrten durch seinen Kopf wie ein aufgescheuchter Bienenschwarm. Irgendwie kam ihm das alles verrückt vor: In nur wenigen Tagen war so viel Merkwürdiges geschehen. Wie würde das alles weitergehen? Joe war ein wenig mulmig zumute. Was, wenn sie da in eine Sache hineingeraten waren, die am Ende ein bisschen zu groß für sie war? Sie hatten noch nicht mal eine Waffe, um sich zu verteidigen. Joe fiel sein Schweizer Messer ein, das noch irgendwo verpackt sein musste. Er stand auf und durchsuchte den erstbesten Karton. Nichts. Dann nahm er sich den nächsten vor – und hatte plötzlich das Gefühl, dass er beobachtet wurde. Gleichzeitig entdeckte er das Messer am Boden des Kartons. Mit einer raschen Bewegung griff er nach dem Messer, klappte es auf und drehte sich um. Doch da war kein Eindringling, sondern nur Rebecca.

»Was soll das?«, schimpfte Joe. »Wieso schleichst du dich an?«

Statt zu antworten, hielt Rebecca den Schlüssel aus dem Schließfach in die Höhe. »Siehst du dieses komische Muster?«, fragte sie.

Joe betrachtete den Schlüssel näher. »Sieht aus wie eine Blume.«

»Es ist ein Ornament«, sagte Rebecca. »Eine Verzierung.«

Joe zuckte mit den Schultern. »Und?«

»Erkennst du es nicht?«, hakte Rebecca nach.

Joe schnaubte ungeduldig. »Nun sag schon: Woher stammt das Ornament?«

Rebecca drehte den Schlüssel auf den Kopf. Joe sah noch immer ein Ornament, aber es erinnerte nicht mehr an eine Blume, sondern sah jetzt einfach wie ein hübsches Muster aus; ein Muster, das ihm bekannt vorkam. »Aber woher?«, murmelte er.

»Von Wilkinsons Schlosserei«, erwiderte Rebecca. »Das ist sein Markenzeichen.«

Sofort nach der Schule klingelten Joe und Rebecca an der Tür von Amarak Sturm und berichteten ihrem Freund die Neuigkeit von dem Schlüssel. Gleich darauf machte sich das Trio auf den Weg nach Dean Close. Als sie die Schlosserei betraten, war der Inhaber Arthur Wilkinson alles andere als erfreut.

»Ihr schon wieder?«, muffelte er. »Habt ihr etwa schon wieder Durst?«

»Heute haben wir eine Frage«, sagte Joe und zog den Schlüssel aus seiner Tasche. »Haben Sie den hier schon einmal gesehen?«

Wilkinson nahm ihn entgegen und betrachtete ihn eingehend.

»Den habe ich gemacht«, sagte er. »Woher habt ihr ihn?« Er hob den Kopf und zog die Brauen zusammen. »Habt ihr ihn etwa gestohlen?«

»Der Schlüssel war in einem Schließfach«, erklärte Alexander. »Und derjenige, der das Schließfach angemietet hat, wollte, dass ich ihn bekomme. Er hatte meinen Namen und mein Foto hinterlegt, damit nur mir der Schlüssel ausgehändigt wird.«

»Ach ja?«, grummelte Wilkinson. »Wie heißt du denn?«

»Alexander Mercurius.«

Der Schlosser riss die Augen auf. »Aber ja«, sagte er und schlug sich mit der flachen Hand auf die Stirn. »Jetzt erkenne ich dich auch. Wieso hast du das nicht gleich gesagt?«

Und dann geschah das Wunder: Arthur Wilkinson lächelte.

»Woher sollten Sie mich denn kennen?«, fragte Alexander erstaunt. »Ich kann mich an Sie nämlich nicht erinnern.«

»Dich persönlich kenne ich nicht«, erwiderte Wilkinson. »Aber deine Eltern. Und wenn ich dich so ansehe, siehst du ihnen ziemlich ähnlich, besonders deinem Vater.«

Alexander schluckte. »Sie kennen meine Eltern?«

Wilkinson nickte. »Oh ja. Sie waren es, die den Schlüssel bei mir in Auftrag gegeben haben.«

Ein paar Minuten später saßen sie in Wilkinsons Küche und tranken Brause. Der Schlosser hatte kurzerhand das Schild »Geschlossen« an die Ladentür gehängt. Er wollte Alexander und seinen Freunden Rede und Antwort stehen.

»Wann haben meine Eltern den Schlüssel bestellt?«, fragte Alexander und ihm war anzumerken, wie nervös er war.

»Das muss schon ein paar Jahre her sein«, überlegte Wilkinson. »So ganz genau weiß ich es nicht mehr.«

»Wann haben Sie Mom und Dad denn das letzte Mal gesehen?«

»Das war vor einem Jahr«, sagte Wilkinson. »Daran erinnere ich mich noch gut, weil sie mir irgendwie nervös vorkamen. Deine Eltern sind ja ganz besonders nette Leute, Alexander, und normalerweise hatten sie immer Zeit für einen kleinen Plausch. Aber an diesem Nachmittag vor einem Jahr wirkten sie irgendwie angespannt, so als wären sie in großer Eile. Sie verabschiedeten sich auch gar nicht, als sie gingen. Und das hat mich doch auch ein bisschen gewurmt, muss ich zugeben. Aber natürlich habe ich ihnen sofort wieder verziehen, weil sie sonst immer so nett waren. Ich dachte mir auch nichts weiter dabei, weil ich davon ausging, sie sowieso bald wiederzusehen. Schließlich kamen sie regelmäßig in meinen Laden. Deshalb sagte ich mir, nächstes Mal sind sie bestimmt wieder umgänglicher.« Er machte eine kurze Pause und fügte dann leise hinzu: »Ich konnte ja nicht ahnen, dass es kein nächstes Mal geben würde.«

»Seitdem sind Alexanders Eltern nicht mehr hier gewesen?«, fragte Joe.

Wilkinson schüttelte den Kopf. »Jedenfalls nicht, dass ich wüsste. Sie kamen zwar auch oft am Wochenende, meist sonntags, wenn ich gar nicht im Laden war. Aber dann legten sie immer einen Zettel hin, damit ich wusste, dass sie da gewesen waren und kein Einbrecher.«

»Und sie haben auch nicht angerufen oder sich sonst wie gemeldet?«, fragte Rebecca. Wieder verneinte der Schlosser.

»Tut mir leid, dass ich euch nichts anderes sagen kann.«

Er wandte sich an Alexander. »Ich hoffe, ihnen ist nichts passiert und du findest sie bald wieder. Vielleicht haben sie ja einen Hinweis in ihrem Arbeitszimmer hinterlassen.«

»Das haben wir schon durchsucht«, sagte Joe und winkte ab.

Wilkinson zog die Brauen hoch. »Wie denn, wenn ihr den Schlüssel nicht hattet?«

»Professor Peabody hatte ihn«, begann Rebecca. »Und außerdem war die Tür …« Sie endete abrupt und starrte den Mann mit großen Augen an. »Von welchem Arbeitszimmer sprechen Sie überhaupt?«

»Vom Arbeitszimmer, zu dem euer Schlüssel passt«, sagte Wilkinson. »Das Arbeitszimmer, das Alexanders Eltern bei mir gemietet haben. Das da.« Er streckte den Arm aus und zeigte auf die Tür gegenüber der Küche.

Joe, Alex und Rebecca sprangen gleichzeitig auf.

»Die Tür ist spezialverstärkt«, erklärte Wilkinson. »Auf Wunsch deiner Eltern habe ich sie umgebaut, Alexander. Sie ist absolut einbruchsicher.«

»Ich hätte da noch eine Frage«, sagte Rebecca. »Was hat der Fremde, der gestern bei Ihnen war, eigentlich gewollt?«

Wilkinson winkte ab. »Er hat bloß ein paar allgemeine Fragen zum Laden gestellt, wie lange es ihn schon gibt und so weiter. Ehrlich gesagt, kam er mir von Anfang an verdächtig vor, deshalb habe ich gar nicht viel gesagt. Als er merkte, dass er bei mir auf Granit beißt, hat er mich um ein Glas Wasser gebeten – dann war er weg.«

»Wonach sucht er bloß?«, murmelte Joe.

»Das finden wir vielleicht in diesem Raum heraus«, sagte Rebecca und warf Alexander einen auffordernden Blick zu. Doch als der den Schlüssel ins Schloss stecken wollte, stutzte er. »Der passt ja gar nicht.«

»Du hast ihn doch noch gar nicht ausprobiert«, sagte Joe.

»Weil das hier ein Bartschlüssel ist«, erwiderte Alexander. »Aber in der Tür ist ein Sicherheitsschloss.«

Arthur Wilkinson lachte. »Das war eine Idee von deinen Eltern«, sagte er. »Sie wollten einen Schlüssel, der aussieht, als würde er nicht passen. Wieso, haben sie mir nicht gesagt. Ich habe es trotzdem gerne gemacht, weil ich solche Spielereien liebe.«

Alexander schüttelte den Kopf. »Aber wie ... das verstehe ich nicht.«

»Probier ihn doch einfach aus«, schlug Rebecca vor. Alexander hob den Schlüssel und drückte ihn gegen das Schloss. Wie von Geisterhand verschwand der Sicherheitszylinder im Inneren der Tür und der Bartschlüssel glitt sanft in die Öffnung. »Wow!«, entfuhr es ihm.

»Nicht schlecht, was?«, freute sich Wilkinson. »Die meisten würden wohl nicht mal auf die Idee kommen, den Schlüssel überhaupt auszuprobieren.«

»Das nenne ich mal ein Sicherheitsschloss«, sagte Joe anerkennend.

»Jetzt schließ schon auf«, drängte Rebecca ungeduldig. Alexander drehte den Schlüssel herum und stieß die Tür auf. Abgestandene Luft strömte ihnen entgegen und aufwirbelnder Staub ließ Alexander zurückweichen. Im Raum selber war es stockdunkel.

»Der Lichtschalter ist links an der Wand«, sagte Wilkinson. Alexander tastete danach. Grelles Licht breitete sich aus.

»Ach du meine Güte«, sagte Alexander, als sich seine Augen an die Helligkeit gewöhnt hatten. Der Raum hing voller Spinnweben und eine fingerdicke Staubschicht bedeckte den Boden. Ansonsten war er leer. Vorsichtig trat Alexander ein. Die anderen folgten ihm.

»Einen Arbeitsraum stelle ich mir aber anders vor«, murmelte Joe. »Sieht eher wie ein Lager aus.«

»Ein Lager, in dem nichts gelagert wird«, ergänzte Rebecca.

»Jedenfalls nicht mehr«, sagte Wilkinson. »Wie es aussieht, haben deine Eltern vor oder bei ihrem letzten Besuch alles leer geräumt. Habe davon zwar nichts mitbekommen, aber ich habe ja auch nicht mitgekriegt, was sie reingebracht haben – wenn sie denn etwas reingebracht haben.«

»Was haben sie denn hier gemacht?«, fragte Joe. »Woran haben sie gearbeitet?«

»Das haben sie mir nie erzählt«, erwiderte Wilkinson.

»Und Sie haben auch nicht nachgefragt?«

Der Schlosser schüttelte den Kopf. »Ich bin ja nicht neugierig. Schätze mal, deshalb haben sie den Raum auch gemietet.«

Alexander rieb sich das Kinn. »Das ergibt keinen Sinn. Meine Eltern mieten diesen Raum und deponieren den Schlüssel dafür in einem Postfach. Als der Fremde nach ihnen fragt, wird mir ein leerer Brief zugeschickt, der mich zum Versandservice führt. Dort bekomme ich den Schlüssel und lande in einem leeren Raum. Was soll das?«

»Vielleicht ist es eine Vorsichtsmaßnahme«, sagte Rebecca. »Mit der deine Eltern verhindern wollten, dass bestimmte Informationen in die falschen Hände geraten. Der

Fremde sucht nach diesen Informationen und er ist uns nicht nur dicht auf den Fersen – manchmal ist er uns sogar schon voraus! Alex' Eltern ahnten das und suchten nach einem Weg, ihren Sohn zu informieren, ohne zu viel zu verraten. Deshalb dieser komplizierte …« Sie dachte über das richtige Wort nach. »… Mechanismus! Ja, genau, es ist wie der Mechanismus in einer Maschine. Er funktioniert nur, wenn man alle notwendigen Teile beisammenhat.«

»Angenommen, du hast recht«, sagte Alexander. »Wieso führen dann sämtliche Spuren ausgerechnet in einen leeren Raum? Das verstehe ich einfach nicht.«

»Weil es nicht sämtliche Spuren sind«, erwiderte Rebecca. »Vergiss nicht den Plan mit den Linien, der im Schließfach lag.«

»Und der zu nichts gut ist«, sagte Joe.

»Abwarten«, sagte Rebecca. »Ich wette, wenn wir das Rätsel dieses Raums lösen, lösen wir gleichzeitig auch das Rätsel um den Plan.«

»Und was ist das Rätsel dieses Raums?«, fragte Wilkinson.

»Etwas, das da ist und wir nur noch nicht entdeckt haben«, sagte Rebecca und begann, mit dem Schuh durch den Staub zu streichen. »Etwas, das vielleicht unter dem Staub verborgen ist.« Sie ließ sich auf alle viere fallen und fuhr mit den Händen durch die graue Schicht. »Helft mit!«

Zögernd knieten sich auch Alexander und Joe nieder und suchten den Boden ab, während Mister Wilkinson sie skeptisch beobachtete.

»Ich weiß ja nicht, ob das was bringt«, murmelte Joe nach einer Weile und betrachtete seine schmutzigen Finger.

»Soll ich euch vielleicht einen Staubsauger holen«, fragte Mister Wilkinson. »Dann könnt ihr den Dreck wegsaugen ...«

»Hier ist was!«, rief Alexander in dem Moment aus. Er wischte den Staub beiseite und die Umrisse einer kleinen, runden Erhebung kamen zum Vorschein. Die anderen beugten sich darüber.

»Was ist das?«, fragte Joe.

Alexander pustete den übrigen Staub fort. Ein Zeichen kam zum Vorschein: eine verschnörkelte Acht.

Rebecca grinste breit. »Das gleiche Zeichen wie bei dem Siegel vom Brief.«

Hastig zog Alexander den Brief aus seiner Hosentasche und verglich das Siegel mit dem Abdruck im Boden. »Identisch«, sagte er. »Der Stempel, mit dem das Siegel auf den Brief gemacht wurde, passt auch auf diese Erhebung.«

»Sekunde mal«, sagte Joe. »Soll das heißen, dieses Zeichen im Boden wurde mit dem Siegelstempel gemacht?«

»Umgekehrt wird ein Schuh draus«, mischte sich Wilkinson ein. »Der Stempel ist in Wirklichkeit ein Schlüssel und Alexanders Eltern haben ihn auch verwendet, um den Brief zu versiegeln.«

»Ein Schlüssel?«, fragte Alexander. »Wofür?«

»Zu einer geheimen Tür«, sagte Rebecca und untersuchte den Fußboden. »Aber hier ist nichts, was auf einen verborgenen Eingang hinweist.«

»Ich kenne solche Geheimtüren«, sagte Wilkinson. »Sie wurden früher benutzt, um sogenannte unsichtbare Räume zu schaffen. Verwendete man den falschen Schlüssel, um ihre Tür zu öffnen, oder versuchte es mit Gewalt, zerstörte man den Mechanismus und die Tür blieb für alle Zeit verschlossen. Manchmal sicherte auch eine verborgene Ampulle mit Gift das Schloss, und wenn man den falschen Schlüssel benutzte, starb man an den tödlichen Dämpfen.«

»Also kommen wir nicht hinein«, seufzte Joe. »Denn wir haben den Siegelstempel nicht.«

»Sondern der Fremde«, ergänzte Alexander. »Denn wahrscheinlich hat er ihn aus dem Büro meiner Eltern im Natural History Museum gestohlen.«

»Ich könnte euch den Siegelstempel nachbauen«, sagte Wilkinson. Die drei Freunde horchten auf. »Ich habe diese Kunst von meinem Vater gelernt und der kennt sie wiederum von seinem Vater. Meine Vorfahren haben schon für die Royal Family die Siegelstempel hergestellt. Ich könnte einen passenden anhand des Abdrucks auf dem Brief herstellen, allerdings ...« Sein Gesicht nahm einen besorgten Ausdruck an. »... allerdings kann ich nicht garantieren, dass er keine versteckten Fallen auslöst. Ich kann nur das herstellen, was ich sehe, nicht das, was möglicherweise im Originalstempel verborgen ist. Und das heißt ...«

»... dass wir bei der Verwendung möglicherweise eine Ampulle mit Gift zerstören«, beendete Alexander den Satz. Schweigend sahen sie sich an.

»Ich muss das Risiko eingehen«, sagte Alexander. »Ich will wissen, was mit meinen Eltern geschehen ist.« Er wandte sich an Wilkinson. »Wie lange brauchen Sie, um den Stempel herzustellen?«

»Ein paar Stunden«, sagte der Schlosser nachdenklich. »Am besten kommt ihr morgen wieder, gegen Nachmittag. Dann habe ich ihn fertig.«

Vor Wilkinsons Laden beratschlagten die drei Freunde, was als Nächstes zu tun war.

»Wir sollten das Haus des Fremden beobachten«, schlug Joe vor. »Vielleicht können wir uns sogar noch mal in den Garten schleichen und kriegen raus, was die dadrinnen machen.«

»Das ist zu gefährlich«, widersprach Rebecca. »Du hattest Glück, dass der Fremde alleine nach Hause gekommen und gleich darauf wieder gegangen ist. Nächstes Mal schnappt er dich vielleicht und wer weiß, was er dann mit dir anstellt.« Sie schüttelte den Kopf. »Beobachten ja, reingehen nein.«

»Ich habe vielleicht noch eine andere Spur«, sagte Alexander und zog sein Smartphone hervor. Er zeigte ihnen das Foto vom Friedhofswärter MacMyrkahn aus dem Onlineartikel. »Ich habe das Bild Professor Peabody gemailt. Mit der Abbildung auf der Brosche konnte er zwar nichts anfangen, aber er hat mir einen Experten für Geheimbünde genannt, den er aus seinem Wissenschaftler-Netzwerk kennt. Der kann uns vielleicht weiterhelfen.«

»Und wo finden wir diesen Experten?«, fragte Joe.

Alexander grinste. »In der Baker Street.«

13

Die Baker Street befand sich im Norden von London und war über die Jubilee Line der Metro direkt von *Canada Water* aus zu erreichen. Die Fahrt dauerte etwa zwanzig Minuten. Die drei Freunde nahmen den Ausgang Marylebone Road, auf der das Denkmal für einen der berühmtesten Männer der Stadt stand: Sherlock Holmes. Die unverkennbare Deerstalker-Mütze auf dem Kopf und die Pfeife in der Hand behielt er auf seinem Sockel die Übersicht über die Stadt und ihre Einwohner. Nur einen Steinwurf entfernt in östlicher Richtung befand sich das berühmte Wachsfigurenkabinett Madame Tussauds, in westlicher Richtung zweigte nach knapp fünfzig Metern die Baker Street rechts ab. Sherlock Holmes hatte zwar nie gelebt, aber seine Adresse 221B Baker Street wurde weltberühmt, obwohl das Haus zu Zeiten, als Sir Conan Doyle seine Geschichten schrieb, noch gar nicht gebaut war. Erst Jahre später wurde die Straße erweitert und eine Bank zog in die Baker Street Nummer 221 ein. Jahrelang war einer ihrer Mitarbeiter ausschließlich damit beschäftigt, die Post von Sherlock-Holmes-Fans aus aller Welt zu beantworten, die ihre Briefe an die berühmte Adresse schickten. Als die Bank geschlossen wurde, übernahm diese Aufgabe das Sherlock Holmes Museum, das etwas weiter die Straße hoch zwischen den Hausnummern 237 und 241 untergebracht war. Und genau dorthin führte Alexander seine beiden Freunde.

Das Sherlock Holmes Museum versammelte auf zwei Etagen alles, was mit dem berühmten Detektiv in Zusammenhang gebracht wurde: seine Geige, mehrere Pfeifen in einem Halter an der Wand, ein Buch, in dem ein Revolver versteckt war. Auch sein Arbeitszimmer war liebevoll nachgebildet worden. Und während im Kamin ein kleines Feuer vor sich hin flackerte, konnten die Besucher auf dem Sessel davor für ein Foto posieren. Doch Joe, Rebecca und Alexander hatten für all dies keine Zeit. Zielstrebig steuerten sie auf die Museumskasse zu.

»Wir suchen Mister Gleasson«, sagte Alexander zu dem Mann hinter dem Tresen. Der zog fragend die Augenbrauen zusammen. Sein rundes Gesicht wirkte unnatürlich blass und irgendwie aufgedunsen. »Ach ja?«, fragte er schroff. »Und weshalb?«

»Wir haben einige Fragen an ihn«, erklärte Alexander. »Fragen zu Geheimbünden.«

»Geht das hier auch noch mal weiter?«, rief jemand etwas weiter hinten in der Schlange. Der Kassierer wandte sich seinem Kollegen zu, der am Eingang die Karten abriss. »Jason? Kannst du übernehmen?«

Der Angesprochene nickte und nahm den Platz des Kassierers ein, der hinter seinem Tresen hervorkam und Alexander, Joe und Rebecca einen schmalen Flur entlang und in ein Büro im hinteren Teil des Museums führte. Nachdem sie den kleinen Raum betreten hatten, schloss der Mann die Tür und postierte sich breitbeinig und mit vor der Brust verschränkten Armen davor. Die drei Freunde warfen sich einen unsicheren Blick zu.

»So«, sagte der Mann. »Jetzt mal raus mit der Sprache! Was wollt ihr wirklich?«

Alexander trat unruhig von einem Bein aufs andere. »Wieso? Wir wollen nichts anderes, als wir gesagt haben. Wir müssen dringend mit Mister Gleasson sprechen.«

»Um etwas über Geheimbünde herauszufinden, was?«, sagte der Mann und kam drohend auf die drei Freunde zu. »Und das soll ich glauben? Ihr wollt doch nur spionieren!« Er packte Alexander grob an den Schultern.

»Hey«, mischte sich Rebecca ein. »Was soll das? Lassen Sie ihn los. Wir haben bloß ein paar Fragen.«

»Das sagen sie alle«, zischte der Mann. »Und dann stehen am nächsten Tag die größten Märchen in der Zeitung. Jetzt schicken sie schon Kinder, weil sie denken, das ist unauffälliger. Aber das könnt ihr mit einem Gleasson nicht machen.«

Joe hob erstaunt die Brauen. »Sie sind Mister Gleasson?«

»Professor Peabody hat Sie mir ganz anders beschrieben.« Alexander rieb sich den Arm. »Sie sehen ihm überhaupt nicht ähnlich.«

»Professor Peabody?« Der Mann zögerte. »Was habt ihr denn mit dem zu tun?«

»Er hat uns zu Ihnen geschickt«, erklärte Alexander. »Er

ist ein Freund meiner Eltern und ich kenne ihn auch sehr gut. Eigentlich wollte er unseren Besuch bei Ihnen ankündigen. Mein Name ist Alexander Mercurius.«

Der Mann trat einen Schritt zurück. »Tut mir leid«, murmelte er. »Das wusste ich nicht. Aber wieso sagt ihr auch nicht gleich, dass euch Peabody schickt?«

»Ich wusste ja nicht, dass Sie uns gleich verhaften würden, wenn wir nur nach Ihnen fragen«, erwiderte Alexander.

»Heutzutage kann man nicht vorsichtig genug sein«, erwiderte der Mann. »Und diese angeblichen Zeitungsleute kennen alle Tricks, um an Informationen zu kommen.« Er grinste schief. »Hab in meiner Zeit als Spion ein bisschen schlechte Erfahrungen gemacht.«

»Sie waren Spion?«, fragte Joe erstaunt.

Der Mann nickte. »Beim MI6. Und da habe ich mir nicht nur Freunde gemacht. Deshalb muss ich weiterhin unerkannt bleiben – und trage eine Maske.« Er griff sich mit der Hand ans rechte Ohr und zog es langsam zur Seite weg. Die Haut dehnte sich und löste sich schmatzend vom Gesicht. Darunter kam ein schmales, fast schon hageres Äußeres zum Vorschein, das bis auf die schwarzen Haare keinerlei Ähnlichkeit mehr mit dem aufgedunsenen Gesicht von vorher hatte.

Der Mann legte die Silikonmaske zur Seite und lächelte die drei staunenden Freunde an. »Gestatten, Malcolm Gleasson. Dann mal her mit euren Fragen.«

Alexander zeigte Gleasson MacMyrkahns Foto, das er auf seinem Smartphone gespeichert hatte. Der ehemalige Spion betrachtete die Brosche kurz und nickte dann. »Das ist das *Auge der Vorsehung*. Das Symbol haben viele Geheimbünde für sich in Anspruch genommen. Eine Abwandlung ist sogar auf der amerikanischen Eindollarnote zu sehen, weshalb manche Leute glauben, die amerikanischen Präsidenten hätten auch alle diesem Geheimbund angehört.«

»Haben sie das denn?«, fragte Joe interessiert.

»Das ist im Prinzip gar nicht so entscheidend«, antwortete Gleasson. »Viel wichtiger ist, ob die Leute, die sich mit diesen Dingen beschäftigen, daran glauben. Die nehmen das unter Umständen nämlich sehr ernst, manche sogar todernst. Dann ist es fast schon egal, ob etwas der Wahrheit entspricht oder nicht: Wenn genügend Leute daran glauben, wird es automatisch wahr.«

Rebecca runzelte die Stirn. »Das heißt, das Abzeichen bedeutet gar nichts?«

»Es bedeutet mit Sicherheit etwas«, widersprach Gleasson. »Nur eben nicht unbedingt, dass alle, die das Zeichen benutzen, Teil ein und derselben Verschwörung sind – wenn es sich überhaupt um eine Verschwörung handelt. In London existierte eine Zeit lang eine Geheimgesellschaft, die das *Auge der Vorsehung* als Symbol verwendete. Aber soweit ich weiß, hat sie sich schon vor Jahren aufgelöst. Es ist gut möglich, dass euer Friedhofswärter eines der letzten Mitglieder dieser Loge ist.«

»War«, sagte Joe. »Er wurde ermordet.«

Gleasson zog die Stirn kraus. »Das macht die Sache doppelt heikel. Denn manchmal streiten Geheimbünde untereinander um die Macht und sind dabei mitunter nicht gerade zimperlich.«

»Gibt es eine Möglichkeit herauszufinden, ob MacMyrkahn wirklich zum *Auge der Vorsehung* gehörte?«, fragte Rebecca.

»Dazu müsste ich mehr über ihn wissen«, sagte Gleasson. »Wo hat er denn gearbeitet?«

»Auf dem alten Friedhof bei Howard's End«, sagte Alexander.

Gleasson hob erstaunt die Brauen. »Ihr sprecht aber nicht von Amarak?«

Die drei Freunde sahen sich an. »Sie kennen Amarak?«, fragte Rebecca.

Gleasson nickte. »Beim MI6 hatten wir eine Akte über das Haus. Dort hat es früher tatsächlich eine Geheimloge gegeben und es sind immer wieder Hinweise aufgetaucht, dass die Loge noch aktiv war. An einen Friedhofswärter erinnere ich mich allerdings nicht.«

»Kommen Sie an die Akte heran?«, fragte Joe aufgeregt.

Gleasson schüttelte lachend den Kopf. »Schon vergessen, dass ich raus bin? Keine Chance. Aber wenn ich euch einen Tipp geben darf: Lasst die Finger von der Sache. Mit Geheimbünden ist schon nicht gut Kirschen essen. Aber wenn auch noch Geheimdienste dazukommen, hört der Spaß endgültig auf. Dann wird's gefährlich. Richtig gefährlich.«

Die drei Freunde verließen das Museum und trotteten nachdenklich die Baker Street hinunter.

»Was machen wir jetzt?«, fragte Rebecca. »Die Sache wird immer verworrener.«

»Wir haben immer noch nichts Konkretes«, sagte Alexander. »Wir wissen weder, wer hinter meinen Eltern her ist, noch, weshalb sie verschwunden sind.« Enttäuscht ließ er den Kopf hängen. »Eigentlich wissen wir gar nichts.«

»Aber wir kommen dem Geheimnis näher«, machte ihm Joe Mut. »Vielleicht hilft uns ja der Siegelstempel weiter. Wenn wir ihn erst mal ausprobiert haben ...«

»Still«, sagte Rebecca. »Und einfach weitergehen.«

Joe warf seiner Schwester einen erstaunten Blick zu. »Was ist los?«

»Wir werden verfolgt«, sagte Rebecca. Joe drehte sich reflexartig um.

»Nicht umdrehen«, schimpfte Rebecca, doch es war schon geschehen. Joe entdeckte eine schwarze Limousine, die ihnen in einigem Abstand folgte.

»Das ist der Wagen von den Typen aus dem Haus«, sagte er und sein Herz schlug schneller. »Aber wieso sind sie hinter uns her? Die haben mich doch gar nicht gesehen!«

»Im Restaurant schon«, widersprach Rebecca. »Und zusätzlich hat dich der Fremde in Amarak gesehen. Da brauchen die nur zwei und zwei zusammenzählen – was nicht besonders schwer ist, wenn man beim Geheimdienst arbeitet.«

»Die sind vom Geheimdienst?«, fragte Alexander. »Wie kommst du darauf?«

»Schwarzer Wagen, schwarze Klamotten«, sagte Rebecca. »Wer sollte es sonst sein?«

»Das *Auge der Vorsehung«,* flüsterte Joe unheilvoll. Die drei Freunde wechselten einen besorgten Blick.

»Gleasson hatte recht«, sagte Alexander. »Jetzt haben wir ein Problem.«

»Noch sind wir nicht sicher, dass sie auch wirklich hinter uns her sind«, sagte Joe. »Könnte ja auch sein, dass sie nur zufällig in der Baker Street unterwegs sind.«

»Und zufällig exakt in unserem Tempo fahren«, fügte Rebecca spöttisch hinzu.

»Probieren wir es aus«, schlug Alexander vor. »An der Marylebone Road biegen wir nicht nach links ab zur Metro, sondern nach rechts.«

Auch nach der nächsten Kreuzung folgte ihnen die Limousine weiter in gebührendem Abstand.

»Nicht so schnell«, sagte Alexander und hielt die beiden anderen zurück. Wegen des Verkehrs musste die Limousine aufholen. Sie hatte das Trio fast erreicht, da sagte Alexander plötzlich: »Rückzug!«

Ruckartig drehten sie sich um und marschierten schnurstracks in die entgegengesetzte Richtung. Nach ein paar Metern sah sich Alexander um und beobachtete, wie die Limousine ebenfalls wendete.

»Damit ist die Sache klar«, sagte er. »Sie sind hinter uns her. Was jetzt?«

»Wir gehen zur Metro«, schlug Joe vor. »Da können sie mit dem Wagen nicht hinterher.«

»Und wenn sie uns zu Fuß folgen?«, fragte Rebecca.

»Sind wir vielleicht schon weg. Sofern die Bahn gleich kommt.«

Als die drei die Metro-Station erreichten, sprangen sie die Stufen herunter, stürzten durch die Zugangsschleuse und erreichten außer Atem den Bahnsteig.

»Der Zug kommt in drei Minuten«, keuchte Rebecca mit Blick auf die elektronische Anzeigetafel. Joe und Alexander behielten den Eingang im Auge. Immer mehr Menschen strömten auf den Bahnsteig und bald war kaum noch ein Durchkommen möglich. Ein lautes Quietschen kündigte schließlich die einfahrende U-Bahn an.

Rebecca atmete auf. »Die Metro kommt. Wir haben es geschafft.«

»Leider nicht«, widersprach Joe mit Blick auf den Eingang, wo zwei Männer in dunklen Anzügen erschienen:

der Ziegenbart und … der Fremde! Er sah direkt zu ihnen herüber und lächelte auf eine Art, die es Joe kalt den Rücken runterlaufen ließ. Die Metro fuhr ein. Der Fremde und sein Gorilla bahnten sich einen Weg durch die Menge.

»Das schaffen wir nicht«, stellte Joe nüchtern fest. »Wir müssen weg hier. Schnell!«

Die drei Freunde rempelten sich den Weg in die andere Richtung frei und hasteten die Stufen zum Ausgang an der Ostseite hoch.

»Und jetzt?«, fragte Rebecca ratlos.

»Weg hier«, sagte Joe. »Wir rennen, bis wir einen Bobby finden, und dann …«

»Sie kommen!«, rief Alexander.

Aus dem Stand rasten sie los. Als sie kurz darauf Madame Tussauds passierten, stolperte Rebecca über eine Bodenwelle und fiel der Länge nach hin. Joe bremste ab und half ihr auf. Rebeccas Leggings zeigten ein großes Loch, aus dem Blut hervorsickerte.

»Mist!« Rebecca verzog vor Schmerz das Gesicht.

»Kannst du laufen?«, fragte ihr Bruder besorgt.

»Ich weiß nicht«, sagte Rebecca und hob den Kopf. »Wo ist Alex?«

Sie starrten in ihre Fluchtrichtung, doch ihr Freund war im Getümmel verschwunden. Joe blickte zurück. Die beiden schwarz gekleideten Männer kamen rasch näher.

»Weiter«, forderte Joe.

»Wen haben wir denn da«, hielt ihn eine Stimme zurück. Joe fuhr herum. Kevin stand vor ihm und grinste ihn breit an.

»Was machst du denn hier?«, fragte Joe irritiert.

»Meine Tante arbeitet bei Madame Tussauds«, sagte Kevin. »Da verdien ich mir hin und wieder was dazu, indem ich Laufdienste und so mache. Außerdem kann ich auf diese Weise im Wachsfigurenkabinett sein, so oft und so lange ich will.« Er warf einen Blick auf Rebeccas Knie. »Sieht übel aus.«

»Nimm uns mit rein«, bat Joe.

Kevin zog erstaunt die Brauen hoch. »Umsonst?«

Joe spähte zur Seite. Die Männer waren nur noch wenige Meter entfernt. Joe packte Kevin am Arm. »Bitte: Hilf uns!«

Kevin sah Joe ernst an, dann nickte er knapp. »Kommt mit.« Er schob sich an den Wartenden vorbei und sagte zum Türsteher: »Die gehören zu mir.« Der bullige Kerl mit den tätowierten Armen nickte. Sie schoben sich an ihm vorbei. Bevor sie im Inneren verschwanden, warf Joe einen kurzen Blick über die Schulter.

Ihre Verfolger hatten in diesem Moment den Eingang erreicht. Der Fremde gab dem anderen mit einem Kopfnicken eine kurze Anweisung. Ohne etwas zu erwidern, schob sich der Ziegenbart daraufhin weiter die Straße hinunter. *Er sucht nach Alex,* dachte Joe. Der Fremde drängelte sich an den Wartenden vorbei zum Eingang. Joe wich weiter ins Innere des Raumes zurück, wo ihn die Dunkelheit vor dem Blick ihres Verfolgers verschluckte.

»Hey!«, rief der Türsteher in diesem Moment. »Erst wird bezahlt!«

Der Fremde zog seine Brieftasche hervor. »Was macht das?«

»Das sagt Ihnen die Kassiererin«, sagte der Tätowierte und wies auf die Schlange vor dem Kassenhäuschen.

Der Fremde lächelte. »Ich muss aber sofort rein. Dringend.«

Der Türsteher richtete sich noch weiter auf und verschränkte demonstrativ die Arme. »Und ich muss hier gleich mal aufräumen«, gab er mit donnernder Stimme zurück. »Auch dringend!«

Einige Sekunden lang herrschte eine gespannte Stille. Dann winkte der Fremde ab und stellte sich ans Ende der Schlange.

Alexander merkte erst an der nächsten Kreuzung, dass er seine Freunde verloren hatte. Er versuchte, sie im Gewimmel der hin und her strömenden Menschen zu entdecken. Doch stattdessen tauchte plötzlich der Ziegenbart auf und steuerte zielstrebig auf ihn zu. Alexander orientierte sich kurz und sprintete dann nach links die York Gate hinauf in den Regent Park. Gleich am ersten Abzweig hastete er um eine Hecke, überquerte eine kleine Wiese und versteckte sich hinter einem Baum. Was sollte er jetzt tun? Joe anrufen? Die Polizei alarmieren? Weiterrennen? *Erst mal durchatmen,* sagte er sich. *Dann sehen wir weiter.*

Kevin führte Joe und Rebecca in eine winzig kleine Kammer, die direkt an den Ausstellungsraum angrenzte, in dem die Königsfamilie als Wachsfiguren ausgestellt war. Er zog einen Verbandskasten aus einem kleinen Schrank und verarztete Rebeccas Knie.

Sie zuckte zurück, als er die Wunde mit Desinfektionsspray behandelte.

»Hab dich nicht so«, sagte Kevin und packte eine Mullbinde aus. »Könnt ihr mir vielleicht mal sagen, was eigentlich los ist? Ihr seht aus, als sei der Teufel persönlich hinter euch her.«

»Kommt auch in etwa hin«, murmelte Joe besorgt. »Wir werden verfolgt. Von wem, wissen wir nicht so genau. Aber er ist gefährlich. Kannst du die Polizei alarmieren?«

»Die Polizei?«, fragte Kevin, während er den Verband wieder und wieder um Rebeccas Bein herumwickelte. »Wenn ihr nicht mal wisst, wer euch auf den Fersen ist?«

»Sollen wir etwa warten, bis uns der Kerl um die Ecke gebracht hat?«, fragte Rebecca gereizt. Kevin befestigte das Ende des Verbands mit einem Klebestreifen. »Fertig«, sagte er und stand auf. »Ich schlage vor, ihr zeigt mir den Kerl und Gerd nimmt ihn sich vor. Das wirkt garantiert besser als jeder Bobby.«

»Gerd?«, fragte Joe.

»Der Türsteher«, erklärte Kevin. »Kommt aus Deutschland und saß da mal im Knast. Den schockt so schnell gar nichts. Also?«

Joe nickte. »Okay, wir sehen nach.« Er wandte sich an seine Schwester. »Du versuchst in der Zwischenzeit, Alexander zu erreichen, okay?«

Rebecca nickte.

»Dann los«, sagte Kevin und verließ gemeinsam mit Joe den kleinen Aufenthaltsraum. Rebecca seufzte tief. Die Wunde schmerzte mehr, als sie zugeben wollte, und ihr war kalt. Sie nahm einen weißen Kittel von einem Haken an der Wand und zog ihn über. Er war so lang, dass er bis zum Boden reichte. Dann kramte sie ihr Smartphone hervor und wählte Alexanders Nummer. Doch es meldete sich bloß seine Mailbox. »Mist«, fluchte Rebecca und legte auf.

»Mist«, fluchte Alexander und legte auf, nachdem er nur Rebeccas Mailbox erreicht hatte. Er lugte vorsichtig hinter dem Baum hervor. Sein Verfolger war nirgends zu sehen.

Hatte er ihn abgehängt? So unwahrscheinlich war das nicht. Vermutlich war Ziegenbart weiter geradeaus gelaufen und hatte nicht mitbekommen, dass Alexander an der Hecke abgebogen war. Wenn das stimmte, war dies jetzt seine Chance zu verschwinden. Er steckte das Smartphone zurück in die Hosentasche – als sich eine Hand wie eine Schraubzwinge auf seine Schulter legte.

Kevin führte seinen Schulkameraden zum Eingangsbereich. Joe war ein bisschen flau im Magen bei der Vorstellung, dem Fremden gleich Auge in Auge gegenüberzustehen. Doch ein Blick auf Gerd beruhigte ihn etwas: Der Deutsche hatte nicht nur ziemlich Angst einflößende Tätowierungen auf seinen Armen – die Muskeln darunter waren auch so dick wie Eisenstangen. Gerd konnte zupacken, das sah man gleich.

»Siehst du ihn?«, fragte Kevin und Joe nahm die Leute in der Schlange vor dem Eingang unter die Lupe. Er schüttelte den Kopf. »Er ist nicht dabei.«

Kevin wandte sich an den Türsteher. »Mein Kumpel glaubt, er wird verfolgt«, sagte er und lehnte sich lässig an die Rückseite des Kassenhäuschens. »Ist dir in den letzten Minuten jemand aufgefallen?«

»Er ist ziemlich groß und schlank«, sagte Joe. »Außerdem trägt er einen schwarzen Anzug und hat eine Narbe auf der Stirn.«

Gerd nickte. »Der is' eben rein«, raunte er. Joe stockte der Atem.

»Du hast ihn reingelassen?«, fragte Kevin überrascht.

Gerd zuckte mit den Schultern. »Er hat sich in die Schlange gestellt und bezahlt. Wusste ja nicht, dass er Hausverbot hat.«

»Wo ist er hingegangen?«, fragte Joe aufgeregt.

Gerd wies mit dem Daumen nach rechts. »Zu den Filmstars, glaube ich. Zu Terminator und Co.«

»Hinterher«, sagte Joe aufgeregt. »Schnell!«

Rebecca wurde unruhig. Die beiden Jungs waren schon eine ganze Weile fort. So lange konnte es doch nicht dauern, mal eben zum Eingang zu gehen und die Lage zu checken. Sie stand von ihrem Stuhl auf, ging zur Tür und warf einen Blick hinaus. Von Joe und Kevin war nichts zu sehen. Rebecca verließ die Kammer und lief bis zur Ecke, um in den nächsten Raum zu sehen. Mit einem sanften Klack fiel hinter ihr die Tür ins Schloss. Rebecca schob vorsichtig den Kopf um die Ecke – und erstarrte. Der Fremde stand nur wenige Meter von ihr entfernt. Noch hatte er ihr den Rücken zugewandt. Doch dann drehte er sich um und Rebecca zuckte zurück. So schnell sie konnte, rannte sie zurück zum Kabuff. Doch die Tür war zu und von außen ließ sie sich nur mit einem Schlüssel öffnen. Rebecca spürte Panik in sich aufsteigen. Da kam der Fremde auch schon um die Ecke. Rebecca taumelte rückwärts und drehte sich um. Sie war im Raum mit der Royal Family. Hier ging es nicht mehr weiter, der Raum war eine Sackgasse und menschenleer. Es war niemand da, nur Wachsfiguren. Plötzlich hatte Rebecca eine Idee.

Kevin und Joe stürmten zu den Filmstars. Gerd stieß kurz darauf zu ihnen.

»Ich hab Tommy angefunkt, dass er die Türaufsicht übernehmen muss, bis wir den Kerl haben«, brummte er mit starkem deutschem Akzent.

»Hier ist er nicht«, stellte Joe fest. »Am besten suchen wir Raum für Raum ab, dann muss er uns ja irgendwann über den Weg laufen.«

Kevin nickte. »Auf geht's!«

Der Fremde betrat den Raum mit der Royal Family. Queen Elisabeth II. und ihr Mann Prinz Philip posierten dem Eingang gegenüber vor zwei königlichen Stühlen. Links von ihnen standen ihr Sohn Prinz Charles und seine Frau Camilla, rechts Charles' Sohn Prinz William, seine Ehefrau Catherine und ihre Tochter.

Der Fremde stutzte. Ihre Tochter? Er wusste zwar, dass William und Catherine zwei Kinder hatten, aber die waren noch sehr klein. Das Mädchen, das hier stand, war sicher elf oder zwölf Jahre alt. Es trug einen weißen, bodenlangen Kittel und hatte einen viel zu großen Hut auf dem Kopf. Es passte ganz und gar nicht zu den übrigen Wachsfiguren der Royal Family. Und der Fremde hatte auch keinen blassen Schimmer, um wen es sich bei dem Mädchen handeln könnte. Er beschloss, es genauer unter die Lupe nehmen.

Ziegenbart grinste schief. »Na, sieh mal einer an, wen wir hier haben.«

»Was wollen Sie von mir?«, fragte Alexander mit zitternder Stimme. Der Kerl vor ihm war bestimmt doppelt so groß und mindestens dreimal so breit wie er. »Wieso ver-

folgen Sie mich und meine Freunde? Und was haben Sie mit meinen Eltern gemacht?«

Ziegenbart wirkte verdutzt. Dann lachte er laut auf. »Na, du hast ja 'ne Menge Fragen, Kleiner. Die kannste alle dem Meister stellen, wenn ich dich zu ihm gebracht habe.«

Er packte Alexander am Arm. Im selben Augenblick zog der seine Hand aus der Tasche. Doch statt des Smartphones hielt er die Dose Eisspray in der Hand, die er Joe im Tunnel vergessen hatte zurückzugeben. Alexander richtete sie auf Ziegenbarts Gesicht und drückte ab. Eiskalter Nebel schoss dem anderen ins Gesicht. »Ahhh!«, schrie er und taumelte zurück. Alexander drehte sich um und rannte, so schnell er konnte.

Obwohl Kevin, Joe und Gerd die halbe Ausstellung durchsucht hatten, hatten sie den Fremden noch immer nicht gefunden.

»Sind Sie sicher, dass er in Richtung Filmstars gegangen ist?«, fragte Joe.

»Ich hab gesagt, ich glaube«, brummte Gerd. »Sicher bin ich nicht.«

»Das heißt, er könnte auch in die andere Richtung gegangen sein?« Der Deutsche nickte.

»Also zur Royal Family«, sagte Kevin und sein Gesicht wurde ernst. »Das ist in Richtung Aufenthaltsraum, in dem Rebecca steckt.« Er und Joe wechselten einen raschen Blick, dann sprinteten sie los.

Der Fremde nahm das Mädchen in Augenschein. Im Vergleich zu den übrigen Wachsfiguren wirkte es erstaunlich echt. Zwar waren alle Figuren äußerst naturgetreu gestaltet; trotzdem konnte man bei genauem Hinsehen erkennen, dass es sich bloß um Figuren handelte. Das verrieten besonders die Augen. Sie wirkten bei den Figuren trotz aller Kunst irgendwie tot.

Der Fremde beugte sich vor und starrte dem Mädchen in die Augen. Und plötzlich erkannte er den Blick. Er hatte ihn schon einmal gesehen. Durch ein Türschloss in einem unterirdischen Tunnel. Der Fremde grinste. »Hallo, Kleine.«

»Ich bin nicht klein«, brummte eine tiefe Stimme. In diesem Moment wurde der Fremde von hinten an den Schultern gepackt und saß eine Sekunde später in einem kräftigen Arm wie in einem Schraubstock.

»Lassen Sie mich sofort los«, befahl er und versuchte, sich mit aller Kraft zu befreien.

»Erst sagst du mir, was du hier machst«, verlangte Gerd. »Und wieso du die Kids verfolgst.«

»Ich besuche das Wachsfigurenkabinett«, erwiderte der Fremde. »Und ich verfolge niemanden. Sofort loslassen oder ich zeige Sie an.«

»Polizei! Gute Idee«, sagte Gerd. »Ich werde sie rufen. Dann sehen wir weiter.«

Doch als Gerd ihn zum Büro des Geschäftsführers bringen wollte, riss sich der Fremde auf Höhe des Eingangs plötzlich los und verschwand im Gewimmel auf der Straße.

Joe und Rebecca bedankten sich bei Kevin und Gerd und verließen wenig später Madame Tussauds. Als Joe gerade sein Smartphone herauskramte, um erneut zu versuchen, Alex zu erreichen, schob sich der plötzlich zu ihrer Überraschung hinter dem Kassenhäuschen hervor. Nach seiner

Flucht hatte Alex beschlossen, dort auf seine Freunde zu warten, wo sie sich zuletzt gesehen hatten. Die drei tauschten sich kurz über ihre Erlebnisse aus und fuhren dann mit der Metro nach Hause. Dass der Fremde und seine Leute sie weiterverfolgen würden, hielt Joe für unwahrscheinlich. »Die glauben, wir haben die Polizei eingeschaltet. Ich schätze mal, sie werden sich jetzt ein bisschen zurückhalten.«

Als sich die drei Freunde am nächsten Nachmittag in Amarak trafen, war die Stimmung nachdenklich und etwas gedrückt. Bislang hatten Joe, Rebecca und Alexander das Gefühl gehabt, sie wären auf der Jagd nach dem Fremden gewesen. Doch jetzt hatte er den Spieß umgedreht und ihnen gezeigt, dass er sehr wohl wusste, dass sie ihm nachstellten.

»Was wollen die von uns?«, fragte Rebecca. »Wieso sind sie hinter uns her?«

»Wir sind ihnen zu nahe gekommen und das ist ihre Art zu sagen: *Lasst uns in Ruhe«*, überlegte Alexander.

»Du meinst, sie wollten uns nur Angst einjagen?«

»Das stimmt vielleicht für Rebecca und mich«, sagte Joe zu Alexander. »Aber hinter dir sind sie wirklich her.«

»Hinter meinen Eltern«, widersprach Alexander. »Oder hinter etwas, das sie versteckt haben.«

»Aber was ist es?«, fragte Rebecca.

»Das ist die große Frage«, sagte Joe und trommelte nervös auf der Tischplatte herum. »Wir sollten das Haus im

Marlow Way weiterbeobachten. Vielleicht kriegen wir dann raus …«

»Bist du verrückt?«, unterbrach ihn seine Schwester. »Wenn die uns wirklich einen Schrecken einjagen wollten, was tun sie dann das nächste Mal, wenn sie uns erwischen?«

Joe zog die Stirn kraus. »Was willst du damit sagen?«

Rebecca antwortete nicht.

»Vielleicht solltet ihr besser aufhören«, sagte Alexander. »Es wird zu gefährlich und ich möchte nicht, dass euch was passiert.«

»Und was ist mit dir?«, fragte Joe. »Hörst du dann auch auf?«

Alexander schüttelte den Kopf. »Das kann ich nicht. Wenn es irgendeine Möglichkeit gibt, dass ich meine Eltern finde, dann muss ich ihr nachgehen. Ich vermisse sie zu sehr, um jetzt aufzugeben.«

»Dann hören wir auch nicht auf«, sagte Joe. »Oder? Rebecca?« Er richtete den Blick auf seine Schwester. Rebecca nickte langsam. »Wir sind deine Freunde«, sagte sie zu Alexander. »Wir lassen dich nicht im Stich.«

»Dann los«, sagte Joe und stand auf.

»Wohin?«, fragte Rebecca.

»Zu Wilkinson. Er müsste den Siegelstempel mittlerweile fertig haben. Mal sehen, wohin er uns führt.«

Der Schlosser hatte den Siegelstempel tatsächlich fertig und so hockten die drei Freunde kurze Zeit später im verstaubten Arbeitsraum vor dem Negativabdruck im Boden.

»Also, wollen wir es wagen?«, fragte Joe und sah zweifelnd auf den Stempel in Alex' Hand.

»Um weiterzukommen, müssen wir das Risiko eingehen«, meinte Rebecca. »Außerdem sind wir zu dritt. Wenn hinter der Geheimtür wirklich eine Gefahr lauert, dann können wir sie zusammen hoffentlich überwältigen. Und wenn Gift ausströmt, fallen wir vielleicht auch nicht alle gleichzeitig um, sodass einer Hilfe holen oder die anderen hier rausziehen kann.«

»Also los.« Alexander holte tief Luft und setzte den Siegelstempel auf den Abdruck. Er passte genau. Dann drehte er den Stempel bis zum Anschlag nach links. Nichts geschah.

»Vielleicht musst du nach rechts drehen«, schlug Rebecca vor.

»Alle Verschlüsse werden durch eine Linksdrehung geöffnet«, merkte Joe an.

»Vielleicht ist es hier anders«, sagte Alexander und drehte den Siegelstempel zurück in seine Ausgangsposition. Dann versuchte er eine Rechtsdrehung – ohne Erfolg.

»Das heißt dann ja wohl, dass der Stempel nicht funktioniert«, sagte Joe enttäuscht.

»Lass mich mal probieren.« Rebecca nahm Alex den Stempel aus der Hand. Sie drehte ihn nach links und horchte auf. »Habt ihr das gehört?«

Joe hob die Augenbrauen. »Was denn?«

»So eine Art Schaben«, sagte Rebecca. »Ziemlich leise.« Sie drehte den Stempel zurück.

»Jetzt hab ich's auch gehört«, sagte Alexander.

»Aber woher kommt das?« Joe hob den Blick und suchte

die Wände und die Decke ab. Aber es war keine Veränderung zu erkennen. »Vielleicht von draußen«, überlegte er. »Möglich, dass Wilkinson irgendwas genau in dem Augenblick verschoben hat, als du den Stempel gedreht hast.«

»Ja, oder ein kleiner unsichtbarer Zwerg hat ein Zischgeräusch gemacht«, sagte Rebecca böse. »Ich mache es jetzt noch mal und ihr beobachtet dabei die Wände.« Joe und Alexander hoben die Köpfe. Rebecca drehte den Stempel.

»Da war es wieder«, sagte Alexander.

»Ich glaub's nicht«, staunte Joe. Rebecca und Alexander sahen zu ihm. Und dann entdeckten sie es auch: In einer der Wände klaffte eine backofengroße Öffnung. Rebecca drehte den Stempel zurück und die Öffnung schloss sich mit einem leisen Schaben.

»Wer sagt, dass die Tür in der Nähe des Schlüssels sein muss«, merkte Rebecca an.

Joe stand auf und ging zur Wand. »Von außen ist absolut nichts zu erkennen.« Er strich mit der Hand über die fleckige Steinwand. »Und spüren tut man auch nichts.«

Rebecca drehte den Siegelstempel erneut und eine Luke fuhr zur Seite. »Ziemlich dunkel dadrinnen«, sagte Joe und steckte den Kopf hinein. »Und ich spüre einen Luftzug. Wo auch immer der Gang hinführt, am Ende ist eine Öffnung nach ...«

»Vorsicht!«, rief Alexander. Joe zuckte zurück. Die Luke schloss sich wieder.

»Ein Zeitmechanismus«, sagte Alexander. »So braucht man nicht wieder abzuschließen.«

»Also los«, sagte Joe. »Dann wollen wir den Tunnel mal auskundschaften.«

Sie zwängten sich durch die Öffnung, und nachdem Alexander als Letzter in den Schacht geklettert war, schloss sich die Luke wieder wie von Geisterhand.

Joe knipste seine Taschenlampe an. »Und schön dicht hinter mir bleiben.« Dann krochen sie los.

Nach einigen Metern knickte der Schacht im rechten Winkel ab und mündete in ein Loch, in das eine Metallleiter führte. »Sieht irgendwie neu aus«, stellte Joe mit Kennermiene fest. »Als wäre die Leiter erst nachträglich eingebaut worden.« Am Ende der Leiter wartete ein ins Erdreich gegrabener Tunnel auf sie, der so hoch war, dass man in ihm stehen konnte.

»Genau wie bei uns«, sagte Rebecca nachdenklich.

»Vielleicht führt der Tunnel ja zu eurem Haus«, überlegte Alexander.

»Möglich«, sagte Joe und ging langsam weiter. Doch der Tunnel war viel unebener als der unter dem Haus der Bookmans in Howard's End. Immer wieder lagen Gesteinsbrocken und Geröll auf dem Boden, an den Wänden waren Kratzer und in der Decke kleine Löcher.

»Der Tunnel sieht irgendwie älter aus als unserer«, sagte Rebecca nachdenklich.

»Oder er wurde häufiger benutzt«, erwiderte Joe. »Es stellt sich ja auch die Frage, was Alexanders Eltern hier gemacht haben.«

»Du meinst, sie haben Dinge transportiert?« Alexanders Gesicht wurde nachdenklich. »Artefakte?«

»Wäre möglich«, sagte Joe.

»Und wie haben sie die unbemerkt durch Wilkinsons Laden geschleust?«, fragte Rebecca.

»Wilkinson hat doch selbst gesagt, dass Alexanders Eltern oft am Sonntag im Laden waren, wenn er selbst gar nicht da war«, erklärte Joe. »Also hat er auch nichts davon mitbekommen.«

Plötzlich blieben alle stehen. Der Weg teilte sich in drei Gänge. Joe runzelte die Stirn. »Und was machen wir jetzt?«

»Wir teilen uns auf«, sagte Rebecca. »Wir sind zu dritt und es sind drei Gänge, einer für jeden.«

»Du spinnst wohl«, widersprach Joe scharf. »Das ist viel zu gefährlich!«

»Was willst du denn stattdessen machen, Mister Superschlau?«

Joe dachte nach. »Ich weiß nicht ...«

»Aber ich«, rief Alexander plötzlich aus. Er zog ein Blatt Papier aus der Tasche und entfaltete es. Joe leuchtete mit der Taschenlampe darauf.

»Der Zettel aus dem Schließfach«, murmelte er.

»Ein Weg mündet in drei Gängen«, sagte Alexander und zeigte auf eine Stelle des Blattes, wo sich eine Linie in drei teilte.

Joe und Rebecca rissen erstaunt die Augen auf.

»Der Zettel ist ein Plan dieses Tunnels!«, rief Rebecca.

»Wenn das stimmt, handelt es sich hierbei nicht nur um einen Tunnel, sondern um ein unterirdisches Labyrinth«, stellte Joe mit Blick auf das Liniengewirr fest. »Aber es könnte auch Zufall sein. Nur weil diese eine Stelle übereinstimmt, müssen es die übrigen nicht auch.«

»Wenn die Karte stimmt, müsste sich der linke Gang erneut teilen«, sagte Alexander. »Einer führt schräg nach links, der andere zweigt nach rechts ab.«

Sie bogen in den linken Gang ein und nur wenige Meter weiter teilte sich der Weg in exakt dieser Weise. Joe leuchtete mit der Taschenlampe auf den Plan. »Aber eins ist komisch: Nicht alle Wege sind durchgehend eingezeichnet. Eigentlich sogar fast keiner.«

»Nur dieser hier hat keine Lücken«, sagte Alexander und wies auf eine der Linien. »Und wenn an dieser Stelle hier Wilkinsons Laden ist, dann ist hier ...« Er fuhr die Linie mit dem Finger bis zum Ende ab. »... das Ziel.«

»Was kann da sein?«, fragte Rebecca.

»Das erfahren wir nur, wenn wir dem Weg folgen«, sagte Joe. »Und wenn deine Eltern dir die Karte absichtlich hinterlassen haben, wollten sie, dass du dem Weg folgst.«

Alexander nickte. »Nehmen wir also diesen Tunnel und kontrollieren dabei die Karte. Mal sehen, ob sie auch weiterhin stimmt.«

Sie nahmen den eingezeichneten Weg und erreichten immer wieder Abzweige, die nicht auf der Karte verzeichnet waren. Alexander korrigierte die Stellen vorsichtig mit Bleistift und das Gewimmel von Gängen und Wegen wurde immer undurchsichtiger.

Die einzelnen Tunnel unterschieden sich erheblich voneinander: Einige waren schmal und niedrig und erweckten den Eindruck, als wären sie mit ziemlicher Eile ins Erdreich getrieben worden; andere waren so breit und so hoch, dass ein kleines Auto in ihnen Platz gefunden hätte. Diese Tunnel waren auch viel besser ausgebaut und ihre Wände waren teilweise mit Backsteinen stabilisiert worden. In einigen Gängen hingen Metallvorrichtungen für Fackeln und die dunklen Flächen um sie herum zeugten davon, dass sie auch oft benutzt worden waren. Je tiefer die drei Freunde in das Tunnelsystem vordrangen, desto besser schienen die Gänge und Wege ausgebaut zu sein, was darauf schließen ließ, dass sie möglicherweise auch älter waren als die nachlässig ins Erdreich gestoßenen Stollen vom Anfang.

Nachdem sie sich eine Weile durch die unterirdische Tunnelwelt geschlagen hatten, erreichten sie einen Gang, der anders war als die übrigen. Das Erdreich war noch dunkler, sodass selbst das Taschenlampenlicht Mühe zu haben schien, die Finsternis zu durchdringen.

»Wo sind wir jetzt?«, fragte Joe und leuchtete mit der Lampe auf die Karte in Alexanders Hand.

»Hier«, sagte der und zeigte auf die Karte. »Der Gang müsste gleich zu Ende sein, hinter dieser Ecke.«

Joe richtete den Scheinwerferkegel nach vorne – als er sich plötzlich fragte: »Wo ist Rebecca?«

Im selben Augenblick schrillte ein Schrei durch den Tunnel. Joe rannte los, dicht gefolgt von Alexander. Als sie um die Ecke hetzten, wären sie beinahe in Rebecca hineingelaufen, die dort stand und zitterte.

»Was ist los?«, fragte Joe.

»Ich habe etwas gespürt«, flüsterte seine Schwester. »Als ich mich an der Wand entlanggetastet habe. Etwas Glattes, Kaltes – mit spitzen Zähnen.«

Joe hob langsam die Taschenlampe und leuchtete in den Gang vor ihnen. Vier große Statuen waren ins Erdreich eingelassen, zwei links, zwei rechts. Es sah aus, als wären sie mit den Wänden des Tunnels verwachsen. Sie sahen aus wie große Hunde oder Raubkatzen mit starken Schultern und scharfen Krallen. Und obenauf saßen gewaltige

Köpfe mit weit aufgerissenen Mäulern. Der Anblick war furchterregend.

»Was ist das?«, fragte Joe und leuchtete eine der Statuen ab.

»Die sehen aus wie irgendwelche Wächter«, überlegte Alexander, streckte sich nach oben und klopfte mit dem Finger an einen der Köpfe. »Metall.« Er fuhr mit der Hand durch das Maul und roch dann an seinen Fingern. »Petroleum«, sagte er. »Das sind Fackeln.«

»Leuchtende Wächter«, murmelte Rebecca. »Und was bewachen sie?«

»Vielleicht den Eingang da vorne«, sagte Joe und leuchtete ans Ende des Gangs. Dort führte eine Eisenleiter in einen senkrechten Schacht. »Los, wir müssen da hoch!«

Sie stiegen durch den Schacht, der in einem kleinen Raum mündete, in dem die drei Freunde gerade eben so Platz fanden. Eine einfache Holztür versperrte ihnen den Weg.

»Da passt bestimmt der Schlüssel aus dem Schließfach«, sagte Rebecca aufgeregt. Alexander probierte es aus, doch der Schlüssel ging erst gar nicht ins Schloss.

»Wie sollen wir sonst reinkommen?«, fragte Rebecca.

Joe zuckte mit den Schultern. »Vielleicht ist ja gar nicht abgeschlossen.« Er drängelte sich an Alexander vorbei, legte die Hand auf den alten eisernen Türgriff und drückte ihn herunter. Die Tür glitt langsam auf und gab den Blick in einen größeren Raum frei. Triumphierend wandte sich Joe um. Dann gingen die drei Freunde vorsichtig hinein.

Der Raum war komplett aus Stein gefertigt und besaß

ein Kuppeldach. In die schmutzigen Wände waren breite Nischen eingelassen, in denen längliche Steinkästen ruhten. Auf einer Art Schrein in der Mitte standen ein Dutzend abgebrannter Kerzen, deren Wachs den kalten Stein heruntergeflossen war und auf dem Boden einen kleinen See gebildet hatte. Ein scharfer Geruch lag in der Luft.

»Puh, hier stinkt's«, sagte Rebecca und hielt sich die Nase zu.

Alexander ging zu einer der Nischen und nahm den darin ruhenden Steinkasten in Augenschein. »Ich weiß, was das ist«, sagte er und drehte sich zu seinen Freunden um. »Das ist eine Gruft.«

»Eine Gruft?«, fragte Joe und sah sich um. »Du meinst, die Steinkästen sind …«

»… Särge«, bestätigte Alexander. »Hier liegen die sterblichen Überreste von ungefähr einem Dutzend Menschen.«

Rebecca verzog angewidert das Gesicht. »Dann ist das hier Leichengeruch?«

Alexander schüttelte den Kopf. »Nein, die Toten in diesen Särgen liegen schon ziemlich lange hier. Der hier …« Er zeigte auf den Sarg neben sich. »… ist von elfhundertachtzehn. Die übrigen werden kaum jünger sein.« Er runzelte die Stirn. »Komisch nur, dass der Deckel ein wenig verschoben ist …«

»Hier ist eine Tür«, sagte Rebecca und stemmte sich gegen eine schwere dunkle Holztür. Als sie sich öffnete, strömte ihnen rot glühendes Licht entgegen. Mit zusammengekniffenen Augen traten die drei Freunde ins Freie. Als sie sich an die Helligkeit gewöhnt hatten, erkannten sie, wo sie waren.

»Das ist der alte Friedhof«, stellte Joe überrascht fest. »Da ist unser Haus.«

»Und da ist Amarak«, sagte Alexander und zeigte auf das große Gebäude jenseits der Mauer.

»Wie sind wir hier bloß hingekommen?«

»Das würde mich auch interessieren«, sagte eine harsche Stimme. Die drei fuhren herum. Ein kleiner, kräftiger Mann mit unfreundlichem Gesicht stand vor ihnen. »Der Friedhof ist kein Spielplatz«, schimpfte er. »Und in die Gruft dürft ihr erst recht nicht. Also: Was tut ihr hier?«

»Wir, äh ...«, stotterte Joe.

»... recherchieren«, sagte Alexander.

Der Mann zog die Stirn kraus. »Ihr recherchiert?«

Alexander nickte. »Ein Schulprojekt. Wir sollen die Frage beantworten, ob mittelalterliche Gruft-Bestattungen ausschließlich dem Adel vorbehalten waren oder auch das gemeine Volk Zugang zu dieser Form der Beisetzung hatte.«

Der Mann riss erstaunt die Augen auf. »Willst du mich veräppeln?«

»Wir müssen jetzt gehen«, sagte Joe rasch und zog seine Freunde hinter sich her. »Sie haben uns sehr geholfen. Vielen Dank!«

»Wer sind Sie überhaupt?«, fragte Rebecca im Weggehen.

»Ich bin der Friedhofswärter«, rief der Mann ihnen nach. »Und wenn ich euch hier noch mal erwische, zeige ich euch an!« So schnell sie konnten, verließen Alex, Joe und Rebecca den Friedhof und rannten nach Amarak.

Als sie in Alexanders Zimmer saßen und ihre trockenen Kehlen mit einer frischen Limonen-Limonade zum Leben erweckten, trugen sie ihre bisherigen Erkenntnisse zusammen.

»Okay, deine Eltern mieten einen Raum in einer Schlosserei, weil sich in ihm ein geheimer Zugang in ein unterirdisches Tunnelsystem befindet«, sagte Joe. »Dieses Tunnelsystem führt von Wilkinsons Laden bis zur Gruft auf dem alten Friedhof. Frage ist: Was machten deine Eltern in dem Tunnel? Und wieso haben sie einen Zugang gemietet und sind nicht einfach durch die Gruft gegangen, die ja viel näher an Amarak liegt?«

»Du hast doch von dieser geheimen Prozession berichtet, die über den Friedhof geschlichen ist«, sagte Alexander. »Und du hast auch gesagt, dass sie plötzlich verschwunden war. Vielleicht sind die Leute in die Gruft gegangen, das würde auch die abgebrannten Kerzen erklären; und auch, warum meine Eltern den Eingang nicht verwendet haben: Sie hätten den Zugang nicht unbemerkt benutzen können.«

»Aber dann müssten diese Prozessionstypen ja schon vor einem Jahr und länger hier unterwegs gewesen sein«, gab Joe zu bedenken. »Außerdem führt der Weg von der Gruft aus in den Tunnel und dort hätten sie deinen Eltern auch über den Weg laufen können.«

»Vielleicht wissen die gar nichts von dem Tunnel«, sagte Rebecca, »sondern halten in der Gruft nur ihre geheimen Zusammenkünfte ab.«

Alexander schüttelte den Kopf. »Da fehlt noch was. Das ergibt noch kein schlüssiges Bild. Außerdem bleibt die Frage, was meine Eltern im Tunnelsystem wollten.«

»Vielleicht etwas verstecken«, überlegte Rebecca. »Und weil es von Amarak aus keinen Zugang gibt, haben sie sich in Wilkinsons Laden eingemietet und von dort aus heimlich Artefakte in den Tunnel gebracht. Der Fremde weiß davon und hat erst versucht, in Amarak einzudringen, und dann Wilkinsons Schlosserei durchsucht.«

»Aber wo haben deine Eltern die Artefakte dann versteckt, falls sie wirklich welche ins Tunnelsystem gebracht haben?«, fragte Joe.

Alexander zog den Plan hervor und legte ihn auf den Boden. »Vielleicht liegt die Antwort hier irgendwo versteckt«, sagte er. »Und meine Eltern haben den Plan gar nicht aus Nachlässigkeit so ungenau gezeichnet, sondern als zusätzliche Absicherung.« Er wies auf die Stellen, die er während ihrer Erkundungstour nachträglich eingezeichnet hatte. »Mit meinen Ergänzungen schließen sich einige Lücken, die vorher einzelne Gänge voneinander trennten. Möglicherweise ergibt sich ja die Lösung, wenn wir die Tunnel systematisch durchsuchen – einen nach dem anderen – und alle Lücken schließen.«

15

In den Tagen darauf erkundeten die drei Freunde das Tunnelsystem. Sie markierten jeden Gang am Anfang und am Ende mit Kreide und glichen ihre Beobachtungen mit den Angaben auf dem Plan ab. Auf ihm ergänzten sie Fehlendes und radierten Überflüssiges aus.

Der Fremde und seine Leute waren nach dem Zwischenfall bei Madame Tussauds wie vom Erdboden verschluckt. Auch die schwarze Limousine kurvte nicht mehr durch Howard's End. Einen Nachmittag lang, während Rebecca und Alexander die letzten Lücken schlossen und den Plan ins Reine zeichneten, beobachtete Joe das Haus im Marlow Way noch einmal aus einem Versteck. Doch es tat sich nichts. Der Fremde und seine Leute waren offenbar fort.

»Wahrscheinlich hat sie die Begegnung mit Gerd und die Drohung mit der Polizei vertrieben«, sagte Joe, als er später zu den anderen beiden stieß.

»Sieh mal, was Alex und ich gefunden haben«, sagte Rebecca und reichte ihrem Bruder einen faustgroßen, glitzernden Gegenstand mit der Abbildung eines Auges in einem Dreieck.

»Das Auge der Vorsehung«, murmelte Joe. »Wo habt ihr die Brosche her?«

»In einem Gang gefunden, der an einer Geröllwand endete«, sagte Alexander. »An der Tunneldecke war ein Loch, durch das die Brosche vermutlich hindurchgefallen ist.«

»Das ist das Ding, das ich hinter der Fußleiste gefunden habe und das in den Schacht gefallen ist«, ergänzte Rebecca. »Das Loch in der Tunneldecke führt also in unser Haus. Und gleich dahinter ist der Tunnel eingestürzt. Deshalb der Geröllberg. Jede Wette, dass der Weg dahinter auch zu unserem Haus führt.«

»Aber wieso bewahrt MacMyrkahn seine Brosche hinter der Fußleiste auf?«, fragte sich Joe.

»Er dachte wohl, es wäre ein gutes Versteck«, vermutete Rebecca. »Ich habe es ja auch nur durch Zufall entdeckt.«

»Und wieso versteckt er die Brosche überhaupt?«

»Er war Mitglied in einem Geheimbund und das sollte vielleicht nicht jeder wissen.« Sie warf Alexander einen Blick zu. »Sehen wir uns den Plan an.«

Alexander entfaltete den Plan vom Tunnelsystem. »Fast alle Wege enden an irgendwelchen Türen, die offenbar zu Häusern führen«, erklärte er. »Der Staub und die Spinnweben an den Durchgängen könnten darauf hinweisen, dass die Bewohner der Häuser noch gar nicht herausgefunden haben, was sich da im Untergrund befindet.«

»Und alle Gänge vereinigen sich zu einem Haupttunnel, der an der Themse mündet«, nahm Rebecca den Faden auf und zeigte auf die entsprechende Stelle im Plan.

»Vielleicht handelt es sich bei diesem unterirdischen Labyrinth um ein altes Schmugglernetz«, überlegte Alexander. »Ich habe darüber mal in einem Buch gelesen: Verbotene Waren wurden von den Leuten heimlich über verborgene Gänge in die Stadt geschmuggelt; meist direkt von ankommenden Schiffen.«

Joe fiel eine quadratische Fläche in der Mitte des Plans auf. »Und was ist das?«

»Zu diesem Raum gibt es keinen Zugang«, erklärte Rebecca.

»Und wieso ist er dann eingezeichnet?«, fragte Joe. »Das ergibt doch gar keinen Sinn.«

»Vielleicht haben wir einen Fehler gemacht«, überlegte Alexander. »Und haben einen der Gänge nicht richtig vermessen oder etwas übersehen. Wir müssen noch mal runter und es überprüfen.«

»Aber nicht mehr heute«, sagte Joe. »Es ist schon spät. Außerdem ... habe ich noch eine Verabredung.«

Rebecca hob erstaunt die Brauen. »Eine Verabredung? Etwa mit einem Mädchen?«

Joe winkte ab. »Kein Kommentar.«

Eine Viertelstunde später saß Joe auf seinem Fahrrad und radelte zur Tower Bridge, wo ihn Kevin bereits erwartete.

»Hast du das Geld?«, fragte er.

Joe zog einen Zwanzigpfundschein aus der Tasche und reichte ihn seinem Schulkameraden. »Hoffentlich ist er das auch wert«, murmelte er.

»Ist er«, sagte Kevin und steckte den Schein ein. Dann zog er einen etwa zehn Zentimeter langen und am oberen Ende in eine Kreuzform mündenden Gegenstand aus der Hosentasche und reichte ihn seinem Gegenüber.

»Das ist der Dietrich?«, fragte Joe.

Kevin nickte. »Und zwar einer von der neusten Sorte. Der funktioniert automatisch, einfach rein ins Schloss und fertig. Damit kriegste jede Tür auf, hundertpro.« Er bemerkte Joes skeptischen Blick. »Wenn er nicht funktioniert, tausch ich ihn dir. Aber er wird funktionieren. Wirst sehen.«

Joe steckte den Dietrich ein.

»Was gibt's Neues von euren Freunden?«, fragte Kevin.

»Sind abgetaucht«, antwortete Joe. »Haben vielleicht Schiss gekriegt wegen der Polizei.«

»Da wär ich mir lieber nicht so sicher. Gerd hat mir vorhin erzählt, dass er den Kerl mit der Narbe gestern Abend in einem Nebenzimmer von einer Kneipe gesehen hat. Hat da mit 'nem Dutzend finsterer Typen zusammengehockt und irgendwas ausgebrütet. Als er Gerd erkannt hat, hat er einem von seinen Leuten ein Zeichen gegeben und der hat dann die Tür zugemacht. Und jetzt kommt der Hammer: Gerd kannte den Typen, der die Tür zugemacht hat. Und zwar aus dem Knast.«

Joe runzelte die Stirn. »Hattest du nicht gesagt, Gerd war in Deutschland im Gefängnis?«

»War er ja auch«, bestätigte Kevin. »Und da hat auch der Typ aus der Kneipe eingesessen. Gerd konnte sich zwar nicht mehr erinnern, weswegen, aber er wusste noch genau, was der in seiner Zelle veranstaltet hat. Jede Nacht hat er irgendwelche Beschwörungen oder so gemacht.

Gerd ist davon immer wach geworden, weil er in der Zelle nebenan saß. Na ja, und als er dem Typen dann mal auf den Zahn gefühlt hat, meinte der nur: *Lass mich in Frieden oder der Meister tötet dich.*«

»Der Meister?«, murmelte Joe.

Kevin nickte. »An deiner Stelle wäre ich vorsichtig. Das klingt für mich nicht sehr gesund, wenn jemand einen anderen *Meister* nennt. Bestimmt irgend so ein Sektenkult oder so. Mit denen würde ich mich echt nicht anlegen.«

Auf der Rückfahrt hatte Joe einen Kloß im Hals. Der Fremde war also noch da. Und er hatte noch mehr Leute um sich versammelt. Was plante er? Und was konnten sie gegen ihn tun? Solange der Fremde nicht in Aktion trat, würde ihnen die Polizei auch nicht zur Seite stehen. Also mussten sie wohl abwarten. Und die Augen offen halten.

Joe schreckte aus dem Schlaf, als hätte er etwas gehört. Er stand auf und ging zum Fenster. Die Nacht war warm und klar. Auf dem Friedhof gegenüber rührte sich nichts. Sicher war das die Aufregung der vergangenen Tage, dachte er. Oder die Nachricht, dass der Fremde doch nicht fort war. Aber Joe hatte keine Lust, sich die Nacht um die Ohren zu schlagen. Also ging er zurück ins Bett und kuschelte seinen Kopf ins Kissen. *Augen zu und schlafen,* ermahnte er sich selbst. *Und wenn du träumst, dann höchstens von kleinen rosa Ponys, die verspielt durch die Lüfte fliegen und sich gegenseitig um Entschuldigung bitten ...*

Joe fuhr erneut hoch. Der Dietrich! Na klar, deshalb war er aufgewacht. Weil er den Dietrich noch gar nicht ausprobiert hatte. Er sprang aus dem Bett und zog seine Jeans an. Dann schob er das Regal zur Seite und öffnete die Luke in der Wand. Er kroch in den Schacht, stieg die Leiter hinab und hastete durch den Tunnel bis zur Tür. Dort zog er den Dietrich aus der Tasche und steckte ihn ins Schloss.

Die Mechanik suchte sich selbstständig die Lücken, und KLACK! – war die Tür offen! Wahnsinn! Kevin hatte nicht übertrieben.

Vorsichtig schob Joe die schwere Holztür auf. Ihre Metallscharniere quietschten und feiner Staub rieselte von ihrer Oberseite herab. Sicher war sie schon seit Jahren nicht mehr geöffnet worden. Joe richtete den Schein seiner Taschenlampe ins Dunkel. Der Gang führte weiter. Vermutlich war auch er Teil des Schmugglernetzes. Aber wieso hatten sie die Tür dann nicht entdeckt, als sie die Tunnel untersucht hatten? Joe leuchtete die Umgebung ab, konnte aber nirgends ein Kreidezeichen finden. Das war ein Rätsel, aber vielleicht konnte er es lösen, wenn er dem Gang folgte.

Der Tunnel knickte ab und stieg dann langsam an. Joe war sich sicher, dass sie diesen Weg noch nicht erkundet hatten. War das etwa ein anderes Schmugglernetz? Ein paar Meter weiter endete der Tunnel vor einer weiteren Tür. Joe drückte den Griff herunter und schob sie vorsichtig auf. Er hörte ein Geräusch, eine Art Rauschen, sehr leise und sehr tief. Joe leuchtete mit der Taschenlampe in den Raum hinein. Es war ein Keller, dreckig und voller Spinnweben. Ein paar alte Möbel standen herum, Mäuseködel lagen auf dem Boden verteilt. Eine alte Holztreppe führte hinauf zu einer weiteren Tür. Als Joe die erste Stufe betrat, ächzte das Holz. Eine fette Spinne schoss aus einer Ecke, flitzte an Joes Schuh vorüber und verschwand in der Dunkelheit. Joe ging weiter, das Rauschen wurde lauter.

Als er die oberste Stufe erreichte, zögerte er einen Augenblick. Sollte er die Tür wirklich öffnen? Was, wenn ihn dahinter eine böse Überraschung erwartete? Doch die Neugierde trieb ihn an. Behutsam legte er die Hand auf den Griff und drückte ihn herunter. Mit einem leisen Quietschen öffnete sich die Tür. Im gleichen Augenblick warf das seltsame Rauschen seinen Tarnmantel ab und Joe erkannte den unheimlichen Gesang eines Dutzends tiefer Männerstimmen, die eine sich ständig wiederholende Melodie sangen:

Meister des Lichts und der Dunkelheit,
dein Werk überdauert Äonen.
Mit ihm zerfällt sogar die Zeit,
soll nur im kalten Hauch des Todes wohnen.

Joe trat durch die Tür. Der Raum war dunkel und schmal. Ein rotes Flackern tanzte über die Wände. Auf Zehenspitzen folgte Joe dem Licht und erreichte eine halb geöffnete Tür. Als er vorsichtig in den Raum dahinter sah, stockte ihm der Atem. Zwölf Männer in langen, bläulich schimmernden Samtroben bildeten einen Kreis. Die Kapuzen waren tief in ihre Gesichter gezogen, die Hände hielten sie vor der Brust gefaltet. Immer wieder sangen sie ihre düstere Weise vom kalten Hauch des Todes. Joe hatte die Melodie sofort wiedererkannt. In der Nacht, als er die unheimliche Prozession auf dem Friedhof beobachtet hatte, war es die gleiche gewesen. Dann entdeckte er die großformatigen Gemälde an den Wänden und plötzlich wusste Joe, wo er sich befand: im Haus des Fremden im Marlow Way!

Ein kalter Schauer lief über seinen Rücken, doch der

eigentliche Schrecken kam erst noch, denn plötzlich bewegten sich die Kuttenträger aufeinander zu und bildeten einen noch engeren Kreis. Ihr Gesang wurde erst lauter – dann verstummten sie plötzlich, rissen die Arme empor und wichen zurück. In ihrer Mitte kam ein Mann zum Vorschein, der vorher nicht da gewesen war. Er trug eine blutrote Kutte und auch er hatte die Kapuze tief ins Gesicht gezogen. Mit großer Geste hob er die Arme, verharrte eine Sekunde lang und ließ sie dann rasch sinken. Die Männer um ihn herum fielen auf die Knie und senkten ihre Häupter, während ihr Meister sich die Kapuze vom Kopf strich: Es war der Fremde mit dem kalten Blick.

»Hermes Trismegistos«, rief er und seine Stimme hallte in dem leeren Raum gespenstisch wider. »Schöpfer des ewigen Lebens, wir rufen dich: Zeige dich uns und erleuchte unsere Seelen. Weise uns den Weg zu der Phiole des ewigen Lichts.«

Ein tiefes Brummen brachte den Boden zum Vibrieren, als würde sich ein Erdbeben ankündigen.

»Hermes Trismegistos«, rief der Fremde erneut. »Komm zu uns herab und weise uns den Weg: Hat der Junge die Phiole? Ruht sie noch in Amarak?«

Joe stockte der Atem. Darum ging es also: Sie wollten irgendeine Phiole haben. Was immer das genau war.

»Verlangst du ein Opfer, Trismegistos?«, fragte der Fremde. »Willst du den Jungen? Sollen wir ihn töten?«

Joe wurde angst und bange. Sie wollten Alexander opfern? Das konnte doch nicht wahr sein! Hatte Kevin etwa recht und diese Typen gehörten zu irgendeiner verrückten Sekte? Oder träumte er das alles wieder einmal nur.

Joe kniff sich selber in den Arm. Aber es war kein Traum. Sein Freund war in Gefahr. Er musste Alexander warnen. Sofort! Joe drehte sich um und – starrte in ein wütendes Gesicht.

Fast hätte er laut aufgeschrien, dann erkannte er Rebecca.

»Was machst du denn hier?«, flüsterte Joe aufgeregt.

»Wieso bist du alleine losgezogen?«, fragte Rebecca vorwurfsvoll zurück.

Joe schüttelte den Kopf. »Nicht jetzt, wir müssen hier weg. Mit den Typen dadrinnen ist nicht zu spaßen. Wenn die uns erwischen, machen sie kurzen Pro...« Joe verzog das Gesicht.

Rebecca runzelte die Stirn. »Was ist los?«

Joe kniff die Augen zusammen und hielt sich die Nase zu. Doch es war zu spät: Der Niesreiz war zu stark.

»Hatschi!« Joe stockte der Atem. Er warf einen raschen Blick hinter sich in den Saal. Der Fremde und seine zwölf Jünger starrten in seine Richtung.

»Weg hier!«, schrie Joe und rannte los.

»Haltet sie auf!«, hörte er die Stimme des Fremden.

Sie rasten die Treppe in den Keller hinab und in den Tunnel. Ihre Häscher waren ihnen dicht auf den Fersen. Doch es waren nicht nur die Kuttenträger, die sie verfolgten: Joe hörte auch noch ein anderes Geräusch, eine Art Tapsen, wie von Pfoten, die immer näher kamen. War das etwa das unheimliche Wesen, das er auf dem Friedhof gesehen hatte? Bei dem Gedanken wurde Joe panisch und riss Rebecca hinter sich her.

»Schneller«, rief er ihr zu. Fast hatten sie die Tür erreicht,

als Joe plötzlich strauchelte und stürzte. Rebecca bremste, versuchte, ihm aufzuhelfen, und warf einen Blick zurück. »Joe!«, schrie sie und Entsetzen zeigte sich auf ihrem Gesicht.

Joe richtete den Schein seiner Taschenlampe in den Tunnel – und dann sah er ihn: einen riesenhaften schneeweißen Hundekörper, der auf ihn zugestürmt kam. In seinem Maul fletschte er lange gelbe Zähne und an seinen Pfoten blitzten scharfe Krallen. Wie eine wütende Dampflokomotive preschte er schnaufend auf sie zu.

Joe sprang auf, rannte mit Rebecca durch die Tür und warf sie mit Schwung ins Schloss …

WAMM!, krachte der Albino-Hund von der anderen Seite dagegen. Mit zitternden Händen kramte Joe den Dietrich aus seiner Hosentasche und friemelte ihn ins Schloss. Der Mechanismus suchte sich seine Lücken, und KLACK! – war die Tür verschlossen.

WAMM!, krachte der Höllenhund erneut gegen die Tür. Joe zog den Dietrich aus dem Schloss. Plötzlich wurde es still. Sehr still.

»Ob sie weg sind?«, flüsterte Rebecca. Sie horchten. Nichts. Joe schlich zur Tür und beugte sich hinab. Er äugte durch das Schlüsselloch – und starrte in das kalte Auge des Fremden. Im selben Augenblick wurde der Türgriff heruntergedrückt und an ihm gerüttelt.

»Weg hier!«, rief Joe und packte Rebeccas Hand. So schnell sie konnten, rannten sie zurück ins Haus und schoben das Bücherregal vor die Wand. Dann sanken sie erschöpft zu Boden.

»Was war das für ein Vieh?«, fragte Rebecca außer Atem.

»Keine Ahnung«, antwortete Joe ebenso erschöpft. »Ein Werwolf jedenfalls nicht.« Er rappelte sich auf. »Wir müssen Alex warnen. Sofort!«

»Mitten in der Nacht?«, fragte Rebecca.

»Glaubst du, das interessiert diese Typen?«, gab Joe zurück. »Alexanders Leben ist in Gefahr. Komm!«

Sie schlichen aus dem Haus und rannten durch die stockdunkle Nacht nach Amarak. Vor der Haustür entschieden sie sich, nicht zu läuten, sondern weckten Alexander per Smartphone-Anruf. Wenig später ließ er sie leise herein. Dann berichteten die beiden Geschwister ihrem Freund von ihrer Entdeckung.

»Was sollen wir jetzt tun?«, fragte Joe. »Die Polizei rufen?«

»Die sind mit Sicherheit schon weg«, sagte Alexander und wirkte ziemlich gefasst. »Das Haus ist für sie zu gefährlich geworden. Und du hast ja gesagt, dass sie nur die Gemälde und ein paar Reisetaschen haben. Die werfen sie ins Auto und dann sind sämtliche Spuren beseitigt.«

»Und was ist mit dem Plan, dich zu töten?«, fragte Rebecca aufgeregt.

»Außer euch hat das niemand gehört«, sagte Alexander. »Eure Aussagen stehen gegen die von zwölf Leuten, die ihrem Meister treu ergeben sind.« Er kaute auf seiner Unterlippe. »Unsere einzige Chance besteht darin herauszufinden, was diese Typen wollen. Nur dann haben wir eine Chance, sie auch zu stoppen.«

»Und wenn sie hierherkommen?«, fragte Rebecca.

»Das wagen sie nicht«, sagte Joe. »Die glauben, dass wir die Polizei alarmieren, wie bei Madame Tussauds. Sie wissen ja nicht, dass wir es nicht getan haben.«

»Hm, meinst du?«, fragte Rebecca zweifelnd. »Sie haben doch gemerkt, dass die Polizei nicht bei ihnen aufgetaucht ist, obwohl wir ihr ziemlich genaue Angaben über die Männer hätten machen können.«

»Ich bin trotzdem sicher, dass sie sich jetzt erst mal ein neues Versteck suchen. Das Risiko ist zu hoch für sie«, erwiderte Joe.

»Und wir suchen die Wahrheit«, sagte Alexander. »Finden wir heraus, was es mit diesem kalten Hauch des Todes auf sich hat.«

17

Das Trio recherchierte auf allen Kanälen. Und es dauerte nicht lange, bis sie erste Ergebnisse hatten.

»Hermes Trismegistos gilt als Vater der Alchemie«, las Alexander vom Bildschirm ab.

»Hat das nicht was mit Goldmachen zu tun?«, fragte Joe.

»Auch, aber nicht nur«, sagte Alexander und überflog den Artikel auf dem Bildschirm. »Hier steht, dass die Alchemie so eine Art Vorläufer der Chemie war. Damals, vor einigen Hundert Jahren, waren Wissenschaft und Magie noch nicht so klar voneinander getrennt wie heute. Und Alchemisten versuchten, mit Wissenschaft und Magie neue Elemente herzustellen. Eins davon war Gold. Die Alchemisten dachten, wenn sie es schafften, aus wertlosem Metall edles Gold herzustellen, würden ihnen auch andere Entdeckungen und Entwicklungen gelingen, zum Beispiel Medikamente gegen die Pest und andere schlimme Krankheiten. Die Alchemie galt als Königsdisziplin der Naturerkenntnis und ihr geistiger Vater war Hermes Trismegistos. Er soll mit allerhand Elementen experimentiert und dabei einige fantastische Entdeckungen gemacht haben. Allerdings sind nahezu alle seine Erkenntnisse verloren gegangen. Die Alchemisten, die nach ihm kamen, versuchten jahrhundertelang, seine Substanzen nachzuvollziehen. Aber sie waren nicht besonders erfolgreich dabei. Deshalb sagen manche auch, Trismegistos habe nie gelebt und die Geschichten über seine Wundertaten sind bloß erfunden.«

»Und der kalte Hauch des Todes?«, fragte Rebecca ungeduldig. »Was steht darüber in dem Artikel?«

Alexander scrollte weiter. »Nichts.«

»Also ich kann hier auch nichts finden«, seufzte Rebecca und wischte mit dem Finger über das Display ihres Smartphones.

Joe runzelte die Stirn. »Es kann doch nicht sein, dass nirgendwo im Internet etwas dazu zu finden ist. Das ganze Wissen der Welt ist doch darin gespeichert.«

»Im Internet ist nicht das Wissen der Welt«, gab Rebecca zurück. »Es gibt haufenweise andere Quellen, alte Schriften, Dokumente, Bücher ...«

»An die wir aber nicht rankommen«, sagte Joe. »Und das ist genau so, als gäbe es diese Quellen gar nicht.«

Alexander stand auf. »Kommt mit«, sagte er.

»Wohin?«, fragte Joe.

»Das werdet ihr gleich sehen«, sagte Alexander mit geheimnisvoller Stimme. Joe und Rebecca folgten ihrem Freund über den Flur zu einer schmalen Tür. »Ihr müsst mir schwören, dass ihr das, was ich euch jetzt zeige, niemandem verratet. Niemals! Das ist wichtig. Versprochen?«

»Sollen wir jetzt auf unser Leben schwören oder was?«, fragte Joe.

»Auf euer Leben ist nicht genug. Bis in alle Ewigkeit wäre besser«, sagte Alexander und sein Blick verfinsterte sich. »Die meisten glauben zwar nicht daran. Aber wenn es ein Leben über den Tod hinaus geben sollte, kann dieses Wissen, das ich euch jetzt zeige, zu einer starken Waffe werden. Deshalb brauche ich einen Schwur, der über das Leben und den Tod hinaus bis ins Jenseits reicht. Seid ihr dazu bereit?«

Joe und Rebecca wechselten einen fragenden, aber ernsten Blick und nickten Alexander dann zu. »Das sind wir«, sagte Joe.

»Schwört es«, forderte sie ihr Freund auf. Joe hob die rechte Hand. »Ich schwöre, dass ich dieses Wissen niemals preisgebe«, sagte er feierlich. »Weder im Diesseits noch im Jenseits.« Dann hob Rebecca ihre rechte Hand und wiederholte den Schwur.

Alexander nickte und öffnete die Tür. »Kommt mit«, sagte er und die drei Freunde betraten einen engen Raum.

»Was ist das hier?«, fragte Rebecca.

»Die Besenkammer«, antwortete Alexander und schloss die Tür.

»Die Besenkammer?« Joe verzog das Gesicht. »Du hast uns für die Besenkammer schwören lassen?«

Alexander schüttelte den Kopf. »Nein, sondern für das, was dahinter ist.« Er drehte sich zu einem grauen Kasten an der Wand neben sich.

»Das ist der Sicherungskasten«, sagte er. »Prägt euch den Code ein.« Er legte die Schalter in einer ganz bestimmten Reihenfolge um. Plötzlich ging ein Ruck durch die Besenkammer und es fühlte sich so an, als bewege sich der Raum. Kurz darauf endete das Geruckel wieder.

»Was soll das?«, fragte Joe und wurde ein bisschen ärgerlich. »Ist das ein Zaubertrick oder so?«

»Kein Zaubertrick«, sagte Alexander. »Sondern der Zugang zu einem Geheimarchiv.« Er öffnete die Tür, und als Joe und Rebecca die Kammer verließen, verschlug es ihnen den Atem. Sie traten in einen Raum mit einem Durchmesser von gut fünf Metern. Er reichte bis in eine Höhe von über zehn Metern, wo eine gewölbte und reich verzierte Decke ihn begrenzte. Die Wände waren komplett mit Regalen bedeckt und die Regale waren vollgestopft mit Büchern. Es mussten Tausende sein und die meisten waren sehr alt. Der süßliche, leicht modrige Geruch ihrer Seiten und Klebebindungen wirkte gleichsam betörend und die Sinne schärfend, so als blicke man durch eine sehr scharf geschliffene Linse. Viele der Buchrücken waren mit Kupferscharnieren verstärkt, die das Licht des wuchtigen Kronleuchters, der von der Decke hing, vielfach widerspiegelten. Man bekam eine unbändige Lust, diese Buchschätze zu heben, ihr Gewicht zu spüren und durch die Seiten zu blättern, um ihre Geheimnisse zu enthüllen.

»Das ist unglaublich«, staunte Rebecca.

»Was sind das alles für Bücher?«, fragte Joe und legte den Kopf schief, um die Titel auf den Buchrücken besser lesen zu können.

»Geheime und verbotene Bücher«, sagte Alexander. »Verschollen geglaubte Bücher und solche, über die jedes Wissen fehlt. Bücher, die nie hätten gedruckt werden dürfen, und solche, die sich der Vernichtung standhaft entzogen haben. Diese Bücher hier spiegeln das Wissen der Welt wider – ein Wissen, das jahrhundertealt und in der Welt da draußen längst verschollen ist. Diese Bücher erlauben einen Blick in die Vergangenheit – sie sind wie eine Zeitmaschine.«

»Und wo kommen sie her?«, fragte Rebecca neugierig.

»Meine Eltern haben sie zusammengetragen«, erklärte Alexander. »Im Laufe ihres Lebens. Sie haben sie aus der ganzen Welt mitgebracht.«

»Warum sind sie versteckt?«, fragte Joe.

»Weil ihr Wissen die Welt verändern könnte«, sagte Alexander. »Wissen ist Macht. Und das Wissen in diesen Büchern hat die Macht von Jahrhunderten. Hier gibt es nicht nur Bücher mit wissenschaftlichen Formeln, sondern auch solche mit magischen Beschwörungen, Anleitungen für Hexensabbate und Rezepte für seltsame Tränke. Dieses Wissen in den falschen Händen könnte zu einer echten Gefahr werden. Deshalb haben meine Eltern den Raum geheim gehalten.« Er seufzte. »Sogar vor mir.«

»Vor dir?«, fragte Rebecca überrascht.

Alexander nickte. »Bevor meine Eltern verschwanden, habe ich eines ihrer Gespräche heimlich belauscht, in dem sie von diesem Raum sprachen. Sie nannten ihn die *Kathedrale des Wissens*. Nachdem sie verschwunden waren, habe ich ihn gesucht und das erste Mal betreten. Seitdem bin ich sehr oft hier gewesen und habe über Drachen, Ritter und verborgene Welten gelesen. Diese Bibliothek ist meine Schule.«

»Wie bist du denn hereingekommen?«, wollte Joe wissen.

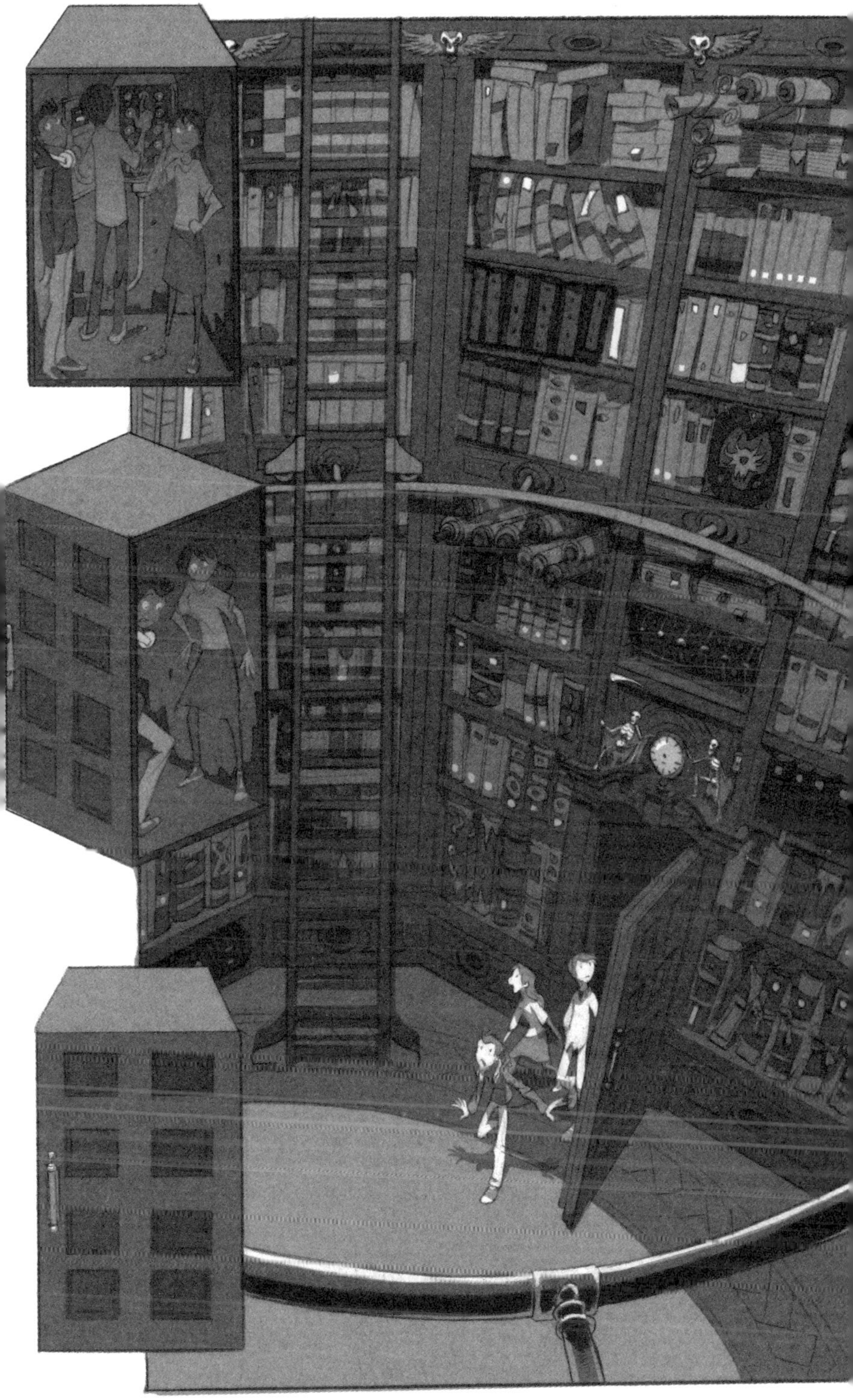

»Deine Eltern werden dir die Kombination ja sicher nicht verraten haben.«

»Indirekt schon«, erwiderte Alexander. »Ich habe zwar ein paar Versuche gebraucht, aber dann habe ich sie herausgefunden: Es sind die Daten meines Geburtstags.«

Joe legte den Kopf in den Nacken und drehte sich langsam im Kreis. »Wo in Amarak befinden wir uns hier? Die Bibliothek ist so hoch, dass man sie von außen sehen müsste. Aber ich habe dort nie etwas bemerkt.«

»Weil die Kathedrale gut getarnt ist«, erwiderte Alexander. »Wir sind hier im Kamin.«

Joe staunte. »Im Kamin?«

Alexander nickte. »Hier vermutet niemand eine Geheimbibliothek«, sagte er. »Und falls doch, haben meine Eltern eine zusätzliche Sicherung eingebaut.« Er zeigte auf einen Schalter an der Wand, der von einer Glasscheibe geschützt wurde. »Wenn man diesen Schalter betätigt, öffnet sich zwei Minuten später der Boden und eine Flamme schießt aus dem Keller und vernichtet alles.«

»Die ganzen Bücher?«, rief Rebecca entsetzt aus. »Auf einen Schlag?«

Alexander nickte. »Wie gesagt: Das Wissen in diesen Büchern kann viel Unheil anrichten. Und meine Eltern wollten nichts dem Zufall überlassen.«

»Da haben sie aber ganze Arbeit geleistet«, sagte Joe anerkennend. »Aber wieso hast du uns hierhergebracht? Was sollen wir hier?«

»Den kalten Hauch des Todes finden«, sagte Alexander. »Hier stehen die ältesten Bücher der Welt, darunter auch einige mit alchemistischen Inhalten. Die müssen wir uns vornehmen. Nur so haben wir eine Chance herauszufinden, was der Fremde und seine Leute planen.«

»Dann sollten wir keine Zeit verlieren«, sagte Joe und zog den erstbesten Band aus dem Regal neben sich.

18

Doch die Suche gestaltete sich schwieriger als gedacht. Viele der Bücher waren in Latein oder Griechisch verfasst, andere hatten eine derart altertümliche Schrift, dass man sie nicht entziffern konnte. Das schränkte die Auswahl erheblich ein.

»Ganz schön mühsam«, sagte Rebecca nach einiger Zeit und gähnte. »Das kann ja Stunden dauern.«

»Oder sogar Tage«, merkte Joe an und las den Titel auf einem weiteren Buchrücken. *»Necronomicon?«* Gerade wollte er das Buch mit dem zerschundenen Einband herausziehen, da hielt ihn Alexander zurück: »Lieber nicht! Das Buch ist sehr gefährlich. Am besten fasst man es erst gar nicht an.«

»Wenn du meinst«, sagte Joe und stellte das Buch zurück. Er zog ein weiteres aus dem Regal und blätterte es auf. »Was ist denn eine Thompson-Gravitation?«

»Ich glaube, ich habe was«, sagte Rebecca und die beiden Jungen setzten sich zu ihr auf den Boden. Das Buch, das aufgeschlagen vor Rebecca lag, war groß und schwer und die Seiten waren mit zahlreichen Zeichnungen geschmückt, die schon ziemlich verblasst waren. Die Schrift war altertümlich, aber dennoch zu lesen.

»Das Buch muss mehrere Hundert Jahre alt sein«, murmelte Joe.

»Lies vor«, bat Alexander und Rebecca legte los: »Doch seyd gewarnet vor der Verwendung der Phiole aus Kristall. Denn sie kann beschwören böse Mächte un fynstere Gedanken. Un niemand solle jemals ihre Zwecke nutzen, außer in höchster Not. Denn höre: Wenn eyn Mensch, gleich welchen Geschlechts, seyn Leben verlieret, so fange dessen letzten Hauche mit der Phiole eyn und verschließe sie gut. Denn in diesem Hauche ist die Seel des Menschen enthalten, un sie ist es, welche den Menschen zum Menschen macht. Nicht Beyne, nicht Arme, nicht Kopf noch Herz:

die Seel ist's, un wer sie besitzet, besitzet auch den Menschen. Seyn Seel ist der kalte Hauch, der in die Ewigkeit eingehet – außer er wird gefangen in der Phiole aus Kristall, die einst Hermes Trismegistos erstellte mit dem Wissen um die Möglichkeyten der Alchemy. Seyn Wissen hat er mit ins Grabe genommen – doch die Phiole existiert. Un wer sie besitzet, kann sein Seel einem andern einverleiben un auf diese Weise ewig leben.«

Joe wurde blass. »Die Bilder«, sagte er.

»Was für Bilder?«, fragte Alexander.

»Im Haus des Fremden«, sagte Joe. »Gemälde mit Personen aus allen möglichen Epochen. Und alle hatten eine Narbe auf der Stirn, an exakt derselben Stelle. So wie der Fremde.«

Alexander runzelte die Stirn. »Du meinst, der Fremde ist ...«

Ein Geräusch ließ ihn verstummen. Es war nicht laut, aber eindeutig.

»Ein Schuss«, sagte Joe. »Das war ein Schuss!«

»Wir müssen raus«, rief Alexander. »Schnell!«

Sie rannten zur Tür und zwängten sich in die Besenkammer. Alexander gab die Kombination am Sicherungskasten ein und der Raum begann, sich zu drehen. Als die drei Freunde aus dem Besenschrank in den Flur stürzten, hörten sie laute Stimmen aus dem Erdgeschoss. Sie rannten zur Treppe und sahen über das Geländer nach unten. In der Eingangshalle, direkt neben der geöffneten Haustür, standen der Fremde, Ziegenbart und der Kerl mit den schiefen Zähnen. Letzterer hielt eine Waffe in der Hand. Auf dem Boden vor ihnen lag ein Mann im Schlafanzug

mit dem Gesicht nach unten.

»Einstein!«, rief Alexander. Der Fremde riss den Kopf hoch und starrte dem Jungen direkt ins Gesicht. In seinen kalten Augen blitzte es gefährlich auf.

»Schnappt ihn euch!«, schrie er und seine beiden Gorillas rannten los.

»Weg hier!«, schrie Joe. Die drei Freunde hasteten über den Flur und Alexander lotste sie in sein Zimmer. Er schloss die Tür und nur eine Sekunde später warf sich von außen ein schwerer Körper dagegen.

»Wir sind gefangen«, rief Joe mit panischem Blick. »Hier sitzen wir in der Falle!«

»Nein, tun wir nicht.« Alexander rannte zur Wand mit dem Bücherregal und zog die Klappe des Zimmerlifts zur Seite. »Wir fliehen durch den Aufzug. Er führt runter in die Küche. Die hat eine Hintertür, durch die wir aus dem Haus kommen.«

»Und was ist mit der Polizei?«, rief Rebecca.

In diesem Augenblick krachte ein Schuss los. Holz splitterte von der Tür und eine Kugel drang neben ihnen in die Wand.

»Erst mal müssen wir hier raus«, sagte Alexander gehetzt. »Und zwar schnell! Los, Rebecca, du bist die Erste!«

Rebecca zog den Kopf ein und krabbelte in den Lift. »Wir lassen dich runter«, sagte Alexander. »Wenn du draußen bist, klopfst du dreimal gegen die Wand, dann ziehen wir den Lift wieder hoch.«

Rebecca nickte, dann ließen Alexander und Joe den Aufzug nach unten. In der Zwischenzeit machten sich ihre Häscher an der Zimmertür zu schaffen: Immer wieder traten sie dagegen und es war nur noch eine Frage der Zeit, bis sie die Tür aufgebrochen hatten.

»Jetzt du«, sagte Alexander, aber Joe schüttelte den Kopf. »Sie sind hinter dir her. Der Fremde sagte *Schnappt ihn euch* – damit meint er dich. Mit mir können sie nichts anfangen. Du musst als Erstes weg. Wenn du unten bist, können du und Rebecca mich langsam runterlassen. Los!«

Alexander wollte widersprechen, doch Joe schob ihn in die enge Box und ließ ihn herunter. Als es dreimal klopfte, zog er den Lift wieder hoch.

Gerade als er sich in den Lift zwängte, erzitterte die Tür. Das Holz am Rahmen splitterte, dann riss die Tür aus den Angeln und flog in den Raum. Ziegenbart stürzte herein, sah Alexander und richtete seine Waffe auf ihn. Joe klopfte wie wild auf den Fahrstuhlboden und der Lift rauschte ungebremst in die Tiefe. Mit einem Krachen donnerte er

auf den Boden. Benommen schälte sich Joe aus der kleinen Kabine.

»Joe!«, rief Rebecca. »Bist du in Ordnung?«

»Schon okay«, antwortete er, obwohl ihm der Kopf dröhnte.

»Uns ist das Seil aus den Fingern gerutscht«, erklärte Alexander.

»Und das hat mir das Leben gerettet«, sagte Joe. »Los, weiter!«

Sie rannten durch die Küche, rissen die Hintertür auf und hasteten in den Garten hinaus. Als sie um die Ecke bogen, um zum Eingangstor zu laufen, stoppten sie abrupt: Ein Wagen mit drei weiteren Männern blockierte die Einfahrt.

»Da kommen wir nicht durch«, flüsterte Joe.

»Dann bleibt nur noch der Weg über den Friedhof«, sagte Alexander leise.

»Von da aus können wir durch den Nebeneingang nach Howard's End und in unser Haus«, sagte Joe.

»Wieso verstecken wir uns nicht und rufen die Polizei?«, fragte Rebecca.

»Ich habe mein Smartphone in Alexanders Zimmer vergessen«, sagte Joe.

»Ich habe in der Hektik auch nicht daran gedacht, meins mitzunehmen«, musste Alexander gestehen.

»Ich auch nicht«, sagte Rebecca.

»Also der Friedhof«, sagte Joe. »Los!«

Geduckt huschten sie zwischen den Gräbern hindurch. Doch am Nebeneingang erwartete sie bereits die nächste Überraschung.

»Da kommen noch mehr«, flüsterte Joe mit Blick auf eine

kleine Gruppe von Männern, die sich an dem Friedhofstor postiert hatten. »Die schneiden uns den Weg ab.«

»Wir sind geliefert«, sagte Alexander.

»Noch nicht ganz«, sagte Rebecca. »Hier rechts kommt gleich die Gruft. Durch die kommen wir ins Tunnelsystem. Von dort aus können wir Richtung Ausgang fliehen und rufen am Hafenbecken um Hilfe.«

»Und wenn sie uns vorher schnappen?«, fragte Alexander.

»Es ist unsere einzige Chance«, sagte Joe. »Also los, auf geht's!«

Sie schlichen zur Gruft und stiegen die Leiter in den Tunnel hinab.

»Wir haben kein Licht«, sagte Alexander, als sie den Boden erreicht hatten.

»Wir halten uns an den Händen fest«, sagte Joe. »Und Rebecca führt uns.«

Sie gaben sich die Hände und zogen los. Es war unheimlich, den Tunnel in völliger Dunkelheit zu durchqueren.

»Wir müssen eng zusammenbleiben«, mahnte Joe. »Nur so haben wir eine Chance.«

»Du weißt, wo wir sind?«, fragte Alexander.

»Keine Sorge«, antwortete Rebecca. »Ich führe uns ...« Sie verstummte.

»Was ist?«, fragte Joe.

»Pst! Hört ihr nichts?«

Sie lauschten in die Dunkelheit. Da war ein Geräusch, leise nur. Eine Art Hecheln oder Schnüffeln.

»Das ist der Höllenhund«, sagte Joe entsetzt und im selben Augenblick hörten sie Tatzen, die rasch näher kamen. »Wir müssen weg hier!«

So schnell es ging, hasteten sie voran. Doch da sie in der Dunkelheit blind waren, mussten sie sich ihren Weg mühsam ertasten – während das Schnüffeln immer näher kam.

»Bist du sicher, dass wir auf dem richtigen Weg sind?«, fragte Joe gehetzt.

»Hunderpro«, gab Rebecca atemlos zurück. »Ich habe mir alles eingeprägt, als wir den Plan ins Reine gezeichnet haben. Das ist der Weg zum Hafenbecken.«

»Und wieso dauert das dann so lange?«

Rebecca zögerte. »Das ... weiß ich auch nicht.«

»Still«, sagte Alexander und hielt an. »Hört ihr?«

Sie lauschten. Das Hecheln war zwar noch immer zu hören, doch es wurde leiser.

Joe atmete auf. »Er hat unsere Fährte verloren.«

»Ein Hund?«, fragte Alexander. »Der besser riechen kann als sehen?«

»Wieso wird er dann leiser?«, fragte Joe. »Rebecca, bist du wirklich absolut sicher, dass wir auf dem richtigen Weg sind?«

»Ja, verdammt, bin ich«, gab seine Schwester gereizt zurück. »Nach der Gabelung haben wir den rechten Gang genommen. An seinem Ende müssen wir nach links, und wenn sich der Weg wieder mit dem linken Gang vereinigt ...« Sie stockte. »Oh nein! Jetzt weiß ich, wieso der Hund immer leiser wird.« Ihre Stimme nahm einen unheilvollen Klang an. »Er hat den linken Gang genommen, und während wir hier quatschen, überholt er uns und erreicht die Stelle, an der sich die beiden Gänge wiedervereinigen, früher als wir.«

»Du meinst, er schneidet uns den Weg ab?«, fragte Joe entsetzt.

»Wir müssen uns beeilen«, sagte Alexander.

»Nein, wir müssen rennen«, korrigierte ihn Joe. »Rennen, so schnell wir können!«

Sie hetzten los und achteten kaum noch darauf, was vor ihnen war. Immer wieder stießen sie mit Schultern und Beinen gegen die schroffen Tunnelwände. Doch sie merkten es nicht. Der Gedanke an die Bestie trieb sie durch die Dunkelheit.

»Wie weit noch?«, keuchte Joe, der die Führung übernommen hatte.

»Keine Ahnung«, erwiderte Rebecca. »Eigentlich müssten wir schon längst ...«

In diesem Augenblick wurde Joe zur Seite gerissen und ging zu Boden. Ein gewaltiger Fleischberg begrub ihn unter sich, und als er das zuckende Fleisch mit den Händen packte, wusste er, dass es der Höllenhund war.

»Joe!«, schrie Rebecca voller Angst. Doch ihr Bruder konnte nichts machen. Die Bestie hockte auf ihm, das Maul direkt über seinem Gesicht. Joe riss die Hände hoch und packte den Hund bei der Gurgel – gerade noch rechtzeitig, bevor der zuschnappen konnte. Sein stinkender Speichel spritzte ihm ins Gesicht.

»Haut ab!«, rief Joe, als ihm klar wurde, dass er gegen diesen Kraftberg keine Chance hatte.

»Ganz bestimmt nicht!«, schrie Rebecca und gab der Bestie einen Tritt. Der Höllenhund fletschte die Zähne. Joe spürte, wie ihn seine Kräfte verließen.

»Nimm das!«, rief Alexander und verpasste der Bestie

eine Ladung Eisspray. Der Höllenhund jaulte auf, der Druck seiner Tatzen ließ nach. Joe nahm all seine Kraft zusammen und stieß den Körper zur Seite. Dann war er frei.

»Weg hier!«, rief er und sie rannten los. Das Jaulen des Hundes wurde leiser, dann änderte es sich in Knurren und nahm wieder an Lautstärke zu. Das Tier hatte die Eisdusche überstanden und die Verfolgung wieder aufgenommen. Ein schwacher Lichtschein schälte sich aus dem Dunkel vor ihnen: Es war der Mond. Der Ausgang am Hafenbecken lag direkt vor ihnen.

Das Tatzengeräusch wurde immer lauter. »Wenn ich Stopp rufe, lasst ihr euch auf den Boden fallen«, keuchte Joe. »Verstanden?«

»Ja«, rief Rebecca zurück. Joe rannte, als wäre der Teufel hinter ihm her. Das Hecheln war jetzt ganz nah. Der Ausgang kam rasend schnell näher.

»Stopp!«, schrie Joe und ließ sich auf den Boden fallen. Zusammengekauert rutschte er über den kalten Stein Richtung Öffnung. Dann spürte er, wie ihn etwas traf, etwas Großes, Schweres stolperte über ihn und flog jaulend über ihn hinweg. Gleich darauf war das Platschen von Wasser zu hören.

Joe rappelte sich auf und sah hinunter ins Hafenbecken. Mehrere konzentrische Kreise auf der Wasseroberfläche zeugten davon, dass kurz zuvor etwas hineingefallen war. Doch das war nun verschwunden.

»Es ist weg«, sagte Joe erleichtert.

»Wo ist Alex?«, fragte Rebecca. Joe drehte sich um. Entsetzen machte sich auf seinem Gesicht breit. »Alex!«, rief er und starrte ins Dunkel. »Alexander!«

Doch die Antwort blieb aus. Da war nur tiefe schwarze Dunkelheit.

19

Alexander lauschte. Da waren Schritte. Aber wo kamen sie her? Und zu wem gehörten sie? Mit Joe und Rebecca hatte er auch die Orientierung verloren. Und Licht hatte er auch keins. Blind wie ein Maulwurf tastete er sich langsam voran in der Hoffnung, seine Freunde wiederzufinden.

Der Gang teilte sich: Ein Weg führte nach links, einer nach rechts. Er rief sich den Plan ins Gedächtnis und überlegte, an welcher Stelle im Schmugglernetz er sich befinden könnte. Sie hatten zwar alle Wege mit Kreide markiert, aber ohne Taschenlampe konnte er die natürlich nicht erkennen. Und ein Feuerzeug oder Streichhölzer hatte er auch nicht dabei. Alexander konnte nur raten.

Er entschied sich für den linken Gang und folgte dem Weg, indem er sich vorsichtig an der Wand entlangtastete, Schritt für Schritt. Doch nach wenigen Metern gabelte sich der Weg erneut. Alexander blieb stehen und überlegte. Er entschied sich, weiter dem linken Gang zu folgen, wandte sich zur Seite und ... hielt inne.

Da waren sie wieder, die Schritte! Diesmal ganz nah. Schutz suchend drückte er sich gegen die Tunnelwand. Die Schritte waren sehr leise, so als gebe sich der, zu dem sie gehörten, äußerste Mühe, so wenige Geräusche wie möglich zu machen. Waren das Joe und Rebecca? Eigentlich klangen die Schritte eher nach einer einzelnen Person. Hatten sich die Geschwister vielleicht auch verloren und geisterten nun durch die Gänge? Oder war es der Fremde?

Alexander brauchte eine Waffe. Er zog die Dose mit dem Eisspray aus der Tasche, doch sie entglitt seinen Fingern und fiel scheppernd zu Boden. Erschrocken hielt Alexander den Atem an.

»Alexander Mercurius? Bist du hier?« Das war der Fremde, kein Zweifel. Rasch hob Alexander die Dose auf. So leise wie möglich setzte er sich wieder in Bewegung, rannte um die Ecke und in den linken Gang hinein. Er war sehr kurz und endete schon nach circa fünfzehn Metern in einer Sackgasse. Heftig atmend blieb Alexander stehen und tastete hastig nach einer weiteren Öffnung oder einem Abzweig, den er vielleicht in der Dämmerung übersehen hatte. Er drückte sich hinter einen Vorsprung. Die Schritte näherten sich wieder und Alexander wurde immer panischer, als er plötzlich neben sich eine Nische im Fels ertastete. Nicht sehr groß, aber geduckt würde er hineinpassen. Er musste es versuchen.

»Ich weiß, dass du hier bist«, sagte der Fremde und seine Stimme klang irgendwie versöhnlich. »Komm raus und lass uns reden. Ich will dir nichts tun. Du brauchst keine Angst haben. Ich will nur reden.«

Na klar, dachte Alexander. *So wie mit Einstein, was?*

Mir machst du nichts vor. Er drückte sich in die Nische hinein. Vielleicht konnte er so dem suchenden Taschenlampenkegel entgehen.

»Ich hätte auch ein interessantes Gesprächsthema zu bieten«, fuhr der Fremde fort. »Deine Eltern.« Alexander hielt den Atem an. »Sie sind wegen mir geflohen. Das wusstest du nicht, oder? Das haben sie dir nicht erzählt. Stattdessen sind sie einfach auf und davon und haben ihr einziges Kind in der Obhut eines langweiligen Butlers zurückgelassen. Mal ehrlich: Verhalten sich so treu sorgende Eltern?«

Alexanders Herz raste. Der Fremde wollte ihn rauslocken. Aber darauf durfte er nicht hereinfallen. *Lass dich nicht einlullen,* ermahnte er sich. *Nur dann hast du eine Chance.*

»Aber sie hatten natürlich einen guten Grund«, fuhr der Fremde fort und seine Stimme nahm einen seltsamen Unterton an. »Die Kristall-Phiole von Hermes Trismegistos. Ich weiß darüber Bescheid. Deine Freunde haben mir alles verraten. Meine Leute haben sie geschnappt. Und ihnen blüht nichts Gutes, das kann ich dir verraten. Also komm jetzt raus und zeig dich. Oder willst du, dass deinen Freunden dasselbe passiert wie deinem Butler?«

Alexander zitterte am ganzen Körper. Sagte der Fremde die Wahrheit? Oder bluffte er nur? Schließlich konnte er sich an drei Fingern abzählen, dass Alexander über Trismegistos Bescheid wusste. Das war kein Beweis.

»Deine Eltern haben mir die Phiole gestohlen«, sagte der Fremde. »Sie gehörte mir, ich habe sie gefunden, damals in Peru bei den Azteken. Sie hatten die Phiole jahrhundertelang verwahrt, ohne ihre wahre Bedeutung zu erkennen. Das ist erst mir nach jahrelangem Studium gelungen. Erst ich habe sie als das erkannt, als das Hermes Trismegistos sie erschaffen hatte: Mit der Phiole lässt sich die Seele eines Sterbenden einfangen und in den Körper eines Neugeborenen übertragen. Eine Seelenwanderung! Weißt du, was das bedeutet? Unsterblichkeit! Es dauerte Jahrzehnte, bis ich dahinterkam, wie man es richtig anstellte, denn es ist alles andere als einfach. Man braucht dafür enge Verbündete, Menschen, denen man bedingungslos vertrauen kann und die, ohne zu zögern, ihr Leben für einen opfern. Deshalb gründete ich den Geheimbund *Bruderschaft des ewigen Lichts* und verfasste exakte Anweisungen, wie im Falle meines Todes mit der Phiole verfahren werden sollte. Damals war ich schon alt, und als ich auf dem Sterbebett lag, standen meine Getreuen mit der Phiole bereit. 1579 tat ich meinen letzten Atemzug, eine Stunde später atmete ich erneut – im Körper eines Neugeborenen. Die erste Seelenwanderung war gelungen!«

Alexander war wie gelähmt. Was erzählte der Fremde da? Er hatte eine Seelenwanderung vollzogen? 1579? Wollte er damit sagen, dass er ... beinahe vierhundertfünfzig Jahre alt war?

»Mein Name ist José Madrigal LaPorta«, sagte der Fremde stolz. »Ich wurde 1492 in Spanien geboren und reiste 1519 gemeinsam mit Hernan Cortez in die neue Welt, wo wir die Azteken unterwarfen – und ich die Phiole fand. Seitdem ist meine Seele neun Mal weitergegeben worden. Nun fehlt nur noch die Nummer zehn. Die Krönung! Mit ihr erlange ich Unsterblichkeit.«

Ein Lichtschein flackerte auf. LaPorta hatte den Gang erreicht. Das Ende war nah.

»Deine Eltern haben mir die Phiole gestohlen«, zischte LaPorta und nun war die Bösartigkeit von Jahrhunderten in seiner Stimme zu hören. »Damals in Aksum in Äthiopien, als sie vorgaben, nach der Bundeslade zu suchen, haben sie in Wirklichkeit die Kristall-Phiole von einem Einheimischen gekauft. Wie sie dorthin gekommen ist, weiß ich nicht. Meine Getreuen hatten die Phiole jahrhundertelang in Spanien aufbewahrt. Doch eines Tages wurde sie gestohlen. Deine Eltern stöberten sie in Aksum auf. Aber statt sie mir, dem Eigentümer, zurückzugeben, nahmen sie die Phiole an sich und versteckten sie. Deine Eltern sind Diebe, Alexander Mercurius. Kleine, dreckige Diebe.«

Wut erfasste Alexander. »Das sind sie nicht!«, entfuhr es ihm. Erschrocken presste er die Hand auf seinen Mund. Der Lichtschein verharrte.

»Du bist ja doch da«, flüsterte LaPorta und Alexander verfluchte sich selbst, dass er den Mund nicht hatte halten können.

»Komm doch raus, dann setzen wir unsere kleine Unterhaltung hier draußen fort«, schlug LaPorta vor. Alexander drückte sich noch tiefer in die Nische und spürte eine Unebenheit im Fels hinter sich. Vorsichtig tastete er danach. Da war etwas. Etwas, das ihm vertraut vorkam.

»Was geschieht mit der Seele des Neugeborenen?«, rief er. Er musste Zeit gewinnen.

LaPorta lachte auf. »Sie geht in die Ewigkeit ein«, sagte er. »Und meine Seele wandert in den Körper des Neugeborenen. Ist ein komisches Gefühl, in die Haut eines Babys zu schlüpfen und darauf zu warten, alt genug zu werden, um die Weltherrschaft zu übernehmen.«

»Ach darum geht es«, rief Alexander. »Sie wollen die Weltherrschaft übernehmen.« Solange LaPorta redete, konnte Alexander herausfinden, was es mit der Vertiefung in seinem Rücken auf sich hatte. Die Form erinnerte ihn an etwas. Aber an was?

»Na, was denn sonst?«, gab LaPorta hämisch zurück. »Es geht immer um Macht, denn wer die Macht hat, bestimmt die Regeln. Und mal ehrlich: Was gibt es Besseres, als die Regeln zu bestimmen?«

»Und alle anderen haben das Nachsehen«, rief Alexander.

»Das ist nun mal das Wesen der Macht«, erwiderte LaPorta. »Einer bestimmt die Regeln, die anderen müssen gehorchen. Wieso sollte man sich mit der Rolle des Schafes zufriedengeben, wenn man auch der Schäfer sein kann?«

Alexander fuhr mit den Fingern über die Unebenheiten im Fels. Plötzlich erkannte er die Struktur – und mit einem Mal ergab alles einen Sinn: das Schließfach, der Plan, das Tunnelsystem. Seine Eltern hatten alles geplant, damit ihr Sohn das Geheimnis entdeckte, ohne dass LaPorta es herausbekam. Und damit gab es auch eine Möglichkeit zur Flucht. Fieberhaft durchsuchte Alexander seine Tasche.

»Schluss mit der Fragestunde«, knurrte LaPorta ungeduldig. »Du kommst jetzt raus, und wenn deine Eltern mitbekommen, dass du in meiner Gewalt bist, werden sie schon aus ihrem Versteck kommen und mir die Phiole aushändigen. Und vielleicht – aber auch nur vielleicht – lasse ich dich dann wieder frei.«

Er hatte ihn! Alexander zog ihn aus seiner Tasche, suchte nach der Vertiefung im Stein und dann ging alles ganz schnell. Schnell und leise.

»Raus mit dir!«, brüllte LaPorta. Er war mit seiner Geduld am Ende und ließ den Schein seiner Taschenlampe suchend über die Wände fahren. Da war ein Schatten auf der linken Seite, eine Art Nische im Fels. LaPorta grinste. *Schlaues Bürschchen. Hast dich dadrinnen versteckt und hoffst, dass ich dich nicht finde, was? Aber da hast du dich geschnitten.*

»Ich will dir nicht wehtun«, sagte LaPorta laut. »Aber wenn du nicht freiwillig rauskommst, muss ich dich holen. Also?«

Keine Antwort. LaPorta schnaubte wütend. »Also bitte, dann eben auf die harte Tour.« Langsam ging er auf die Nische zu. »Glaubst du, du wärst der Erste, den ich mir hole? Dann hast du dich geirrt, Freundchen. Ganz gewaltig geirrt.«

Er erreichte das Ende des Tunnels und leuchtete in die Nische. Sie war leer.

»Aber das ist ... unmöglich!« LaPorta leuchtete die Nische ab, dann den Gang um sich herum. Doch da war nichts. Kein Durchgang, kein Alexander. LaPorta stieg Zornesröte ins Gesicht. »Ich habe doch eben noch mit ihm gesprochen!«

Er verstummte. Da waren Stimmen. Aufgeregte Stimmen. Und sie kamen näher!

Die Polizei, schoss es LaPorta durch den Kopf. Den anderen beiden Gören musste die Flucht gelungen sein. Also gut, dann musste er seine Pläne eben ändern. Kein Problem, das hatte er schließlich schon öfter getan.

»Mit dir bin ich noch nicht fertig«, zischte LaPorta. Dann drehte er sich um und verschwand in der Dunkelheit.

Die Polizei durchsuchte das gesamte Tunnelsystem, doch sie fanden weder LaPorta noch Alexander. Dafür aber MacMyrkahn. Rebecca erzählte den Beamten von dem süßen Geruch und dem verrutschten Sargdeckel in der Gruft auf dem alten Friedhof und tatsächlich lag in dem Steingrab die verweste Leiche des Friedhofswärters. Die Polizei stellte fest, dass sie erst kurz zuvor dorthinein gelegt worden war und vorher mehrere Monate woanders aufbewahrt worden sein musste. Nachdem Joe der Polizei das Haus im Marlow Way gezeigt und die Beamten es durchsucht hatten, fanden sie im Keller Reste von Kleidung, die zu MacMyrkahn passte. Offenbar hatte seine Leiche dort gelegen, aber dann war das Versteck zu heiß geworden und sie hatten die Leiche in die Gruft gebracht. Doch weder in der Gruft noch im Haus im Marlow Way fanden die Beamten Hinweise auf den Fremden und seine Leute. Sie waren wie vom Erdboden verschluckt.

20

Sara und Jack Bookman waren natürlich alles andere als begeistert, als sie hörten, wo ihre Kinder unterwegs waren, während sie glaubten, dass sie schlafend im Bett lagen. Doch noch viel mehr waren sie erleichtert, dass Joe und Rebecca nichts passiert war. Und als die beiden erfuhren, dass Einstein nicht tot war, sondern mit einer Kopfverletzung im Krankenhaus lag, wollten sie ihn unbedingt sofort besuchen.

»Es ging alles ganz schnell und es war mitten in der Nacht«, berichtete der große, schlanke Mann. »Es klingelte an der Tür, und als ich öffnete, standen da dieser Kerl und seine Leute und schlugen mich nieder.« Er schüttelte den Kopf. »An mehr kann ich mich nicht erinnern.«

»Und was geschieht jetzt?«, fragte Joe. »Was wird aus Alexander?«

Einstein seufzte. »Ich weiß es nicht. Ich habe keinerlei Anweisungen für einen solchen Fall. Seine Eltern baten mich damals nur, mich um ihn zu kümmern. Von einem Geheimbund und all diesen Sachen wusste ich nichts.

Aber wenn das alles stimmt, dann ...« Er senkte den Kopf. »... dann sieht es nicht gut aus für den jungen Herrn.«

Den ganzen Sonntag über waren Joe und Rebecca niedergeschlagen. Erst vor einer Woche waren sie von Bristol nach London gezogen – und hatten gleich dieses wahnsinnige Abenteuer erlebt. Und nun hatte es so ein schlimmes Ende genommen: Sie hatten einen Freund gefunden und wieder verloren. Wie sollte es jetzt nur weitergehen? Sie konnten doch morgen nicht wieder zur Schule gehen, als wäre nichts geschehen.

Die Polizei ging davon aus, dass der Fremde Alexander gekidnappt hatte, und suchte mit einem Großaufgebot ganz London ab. Aber Joe glaubte nicht daran. Er hatte irgendwie so ein komisches Gefühl – als wäre die Sache noch nicht ausgestanden ...

Am Abend, als er im Bett lag, konnte Joe nicht einschlafen. Unruhig wälzte er sich herum. Die Bilder schwirrten durch seinen Kopf: Wilkinsons Laden, das Tunnelsystem, der Höllenhund, der Fremde, das klackende Geräusch ... Joe stutzte. Das klackende Geräusch?

KLACK – KLACK – KLACK.

Da war es wieder! Als würden rohe Erbsen auf Parkett fallen oder ... als würde jemand Steine gegen eine Scheibe werfen! Joe sprang aus dem Bett, riss das Fenster auf und starrte hinunter. Neben der alten Eiche stand eine Gestalt und winkte zu ihm herauf.

»Alexander!«

»Komm runter«, rief Alexander so leise wie möglich. »Und bring Rebecca mit.«

Keine fünf Minuten später hatte Joe seine Schwester geweckt und die beiden waren über die Äste der alten Eiche nach unten geklettert. Erleichtert fielen sie ihrem Freund in die Arme.

»Du lebst!«, sagte Rebecca und konnte gar nicht aufhören, Alexander an sich zu drücken.

»Obwohl LaPorta mich fast geschnappt hätte«, sagte er.

»LaPorta?«, fragte Joe.

»Ich erkläre euch alles. Kommt mit.«

Sie huschten über den Friedhof zur Gruft und von dort aus hinab ins Tunnelsystem. Auf dem Weg durch die Gänge berichtete Alexander seinen Freunden von der unheimlichen Begegnung mit dem Fremden.

»Ich saß in der Falle«, sagte er.

»Und wie bist du entkommen?«, fragte Rebecca.

Alexander lächelte. »Meine Eltern haben mir geholfen.« Er führte seine Freunde in den Gang mit der Nische. »Den Gang haben wir verzeichnet.« Er richtete den Scheinwerferkegel auf ein Kreidezeichen an der Wand. »Die Nische nicht, weil wir sie nicht als etwas Besonderes erkannt haben, sondern einfach nur als Einbuchtung im Gestein. Dabei ist sie viel mehr.« Er leuchtete in sie hinein. »Fällt euch etwas auf?«

Joe und Rebecca betrachteten das Gestein. »Mir nicht«, sagte Joe und auch Rebecca schüttelte den Kopf.

»Es ist auch kaum zu sehen, dafür aber umso besser zu spüren.« Alexander fuhr mit der Hand über den Fels. »Hier ist es.«

Er machte Platz und ließ Joe die Stelle ertasten. »Da ist eine Art Einbuchtung«, sagte er. Dann weiteten sich seine Augen überrascht. »Die verschnörkelte Acht«, sagte er. »Das Zeichen vom Siegelstempel!«

Alexander nickte. »Nur ist es gar keine Acht, sondern das Zeichen für Unendlichkeit«, erklärte er.

Joe zog die Stirn kraus. »Und wie kommt der Abdruck hierher?«

Rebecca starrte ihren Bruder an, als sei er schwer von Begriff. »Alexanders Eltern haben ihn angebracht«, sagte sie. »Weil es in Wirklichkeit ein verborgener Mechanismus ist.« Lächelnd zog Alexander den Siegelstempel aus der Tasche. »Ganz genau. Und jetzt zeige ich euch, wie ich LaPorta entkommen bin.« Er setzte den Stempel auf die Vertiefung im Gestein und drehte ihn nach rechts. Nahezu geräuschlos bewegte sich der Fels in der Nische zur Seite und öffnete einen Durchgang. »Darf ich euch in den Geheimraum meiner Eltern bitten«, sagte Alexander und kroch durch die Öffnung. Joe und Rebecca folgten ihm. Sie schoben sich durch den schmalen Gang in einen weiten, hohen Raum. Alexander wartete, bis seine Freunde bei ihm waren, dann leuchtete er mit der Taschenlampe in sein eigenes Gesicht.

»Dies ist der Raum in der Mitte des Plans, zu dem kein Weg führt«, sagte er. »Es war also kein Fehler, sondern meine Eltern haben den Plan absichtlich so gezeichnet. Er sollte uns zu diesen Raum inmitten des Schmugglernetzes leiten.«

»Und wozu?«, fragte Rebecca. »Was ist an diesem Raum so Besonderes?«

»Erinnert ihr euch noch an den Brief, mit dem alles begonnen hat?«, fragte Alexander. »Der Mann im Paketservice sagte, ein *Herr Beryll* habe den Auftrag dazu gegeben. Auch das war ein versteckter Hinweis meiner Eltern.« Er nahm den Glücksbringer aus Beryll von seinem Hals. »Als sie mir den Stein vor einem Jahr schenkten, sagte meine Mutter, dass es ein Glücksbringer aus echtem Beryll ist. Beryll ist ein Mineral, aus dem die ältesten Linsen der Welt hergestellt wurden. Noch bevor es Brillen gab, verwendeten die Leute Beryll beispielsweise, um Schrift zu vergrößern. Es waren also im Grunde Lesesteine.« Alexander hielt den Stein in die Höhe. »Der Talisman, den meine Eltern mir schenkten, kann aber noch mehr.« Er leuchtete mit der Taschenlampe auf ein gespenstisch aussehendes Gebilde aus zwei gegenüberstehenden Greifen. In ihrer Mitte hielten sie eine runde Fassung. Alex drückte den Stein hinein. Der Beryll leuchtete auf und blaues Licht durchflutete den Raum. Zuerst wurden Rebecca und Joe von der unerwarteten Helligkeit geblendet. Doch als sich ihre Augen daran gewöhnt hatten, fielen sie aus allen Wolken. Der Raum wirkte wie ein perfekt ausgestattetes Lager und war bis in den letzten Winkel vollgestopft mit Artefakten: Steine, Truhen, Planken, Tücher, Mumien und vieles mehr.

»Das müssen ja Hunderte Artefakte sein«, sagte Joe und kam aus dem Staunen gar nicht mehr heraus.

Alexander nickte. »Und zwar gefährliche«, sagte er. »Funde, von denen meine Eltern glaubten, dass es besser wäre, wenn die Öffentlichkeit nichts von ihnen weiß. Deshalb haben sie sie hier versteckt.«

»Und über Wilkinsons Laden hierher gebracht«, fol-

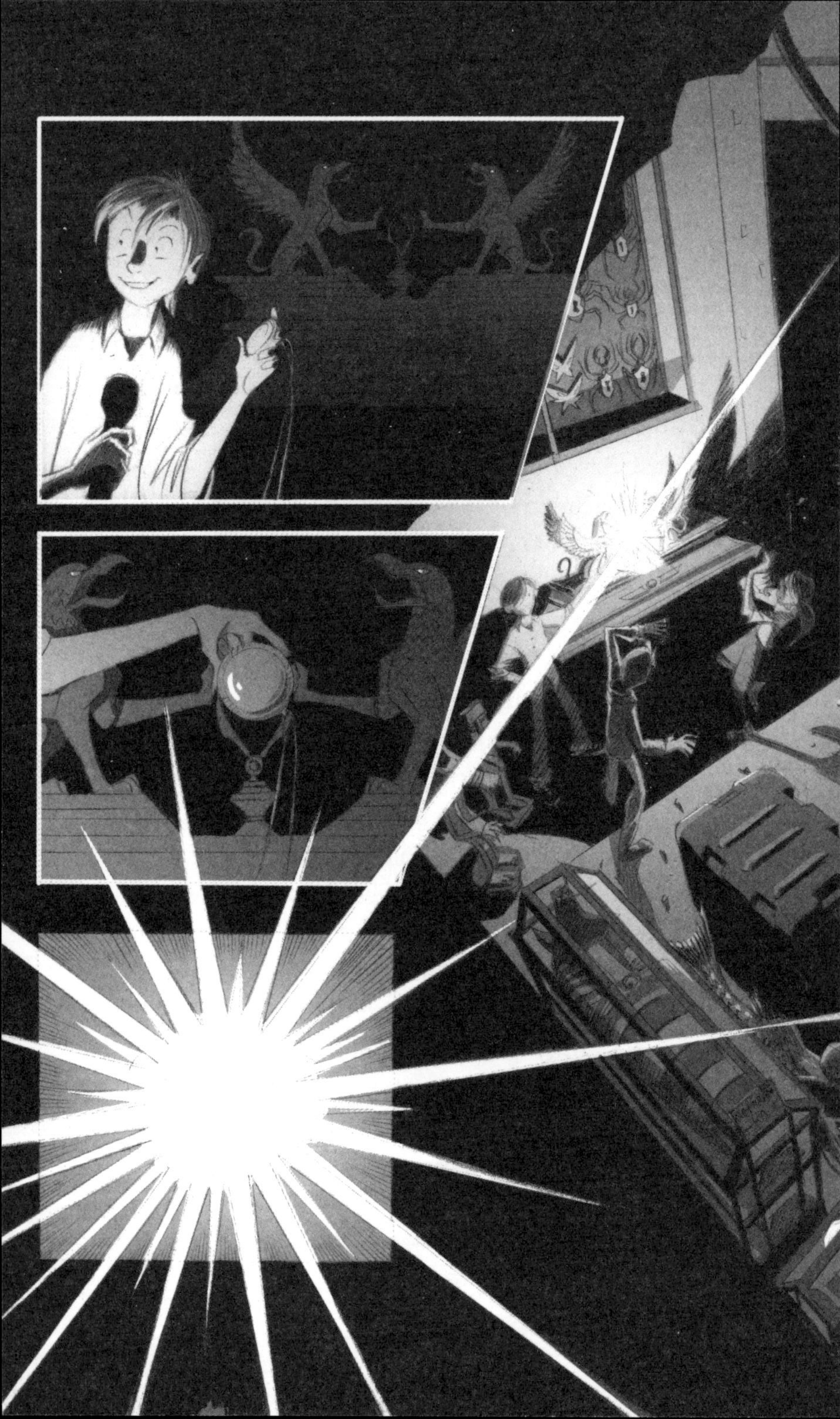

gerte Rebecca. »Weil es von Amarak aus keinen Weg ins Schmugglernetz gab.« Alexander nickte.

»Und wieso haben sie nicht den Weg durch die Gruft genommen?«, fragte Joe.

»Das wäre zu auffällig gewesen«, erwiderte Alexander. »Sie hätten ja jedes einzelne Objekt über den Friedhof tragen müssen. An Wilkinsons Laden konnten sie bequem vom Hinterhof aus mit dem Wagen heranfahren und durch die Küche in ihren Arbeitsraum gelangen. Wilkinson sagte ja, dass meine Eltern meistens sonntags kamen, wenn er gar nicht im Laden war. Da haben sie dann die Artefakte durch den Geheimgang ins Schmugglernetz gebracht und in dieser Höhle versteckt.«

»Und was hat das mit dem Fremden ... äh, LaPorta zu tun?«, fragte Joe.

Alexander wies auf einen kleinen, reich verzierten Schrein. »Das ist der Schrein, in dem jahrhundertelang die Kristall-Phiole des Hermes Trismegistos aufbewahrt wurde.«

Joe riss vor Staunen die Augen auf. »Was? Bist du sicher? Darf ich sie mal sehen?«

»Klar«, sagte Alexander und Joe öffnete den Deckel. »Die ist ja leer!«

»Hat LaPorta sie gestohlen?«, fragte Rebecca.

Alexander schüttelte den Kopf. »Nein, er wusste ja nichts von diesem Raum und er hat ihn auch nicht gefunden. Aber wegen LaPorta sind meine Eltern verschwunden – und haben die Phiole mitgenommen.« Er zog einen gefalteten Bogen Papier aus seiner Tasche. »Das ist der Brief, der in dem Umschlag steckte. Er ist tatsächlich von meinen Eltern und er ist auch wirklich mit Geheimtinte geschrieben, die nur unter ganz bestimmtem Licht sichtbar wird. Und zwar im Licht des Berylls.« Er entfaltete das Papier und wie durch Zauberhand erschienen Buchstaben auf dem weißen Blatt, Worte schälten sich aus dem Weiß und Sätze reckten sich über den Bogen.

»Hier klären meine Eltern alles auf«, sagte Alexander. »Und hier bestätigen sie auch, dass LaPorta mir die Wahrheit gesagt hat. Er ist wirklich viele Hundert Jahre alt und hat mit der Kristall-Phiole von Hermes Trismegistos schon neun Mal eine Seelenwanderung vollzogen. Als meine Eltern die Phiole in Aksum angeboten bekamen, wussten sie nichts davon. Sie bekamen es erst heraus, als ihnen LaPorta nachstellte. Trismegistos hatte die Phiole so konstruiert, dass erst die zehnte Wiedergeburt zu Unsterblichkeit führt. Vor dieser finalen Reinkarnation stand LaPorta.« Sein Blick wurde ernst. »Aber meine Eltern haben noch mehr herausgefunden.«

Alexander nahm ein schweres Buch und öffnete es. »In diesem Buch sind sämtliche Gräuel der Menschheitsgeschichte verzeichnet«, erklärte er. »Und wenn man sich die Abbildungen der Herrscher, die für diese Gräuel verantwortlich sind, näher betrachtet, fällt auf, dass sie alle dasselbe Erkennungszeichen haben: eine Narbe an der Stirn.«

Joe warf einen Blick auf die Abbildungen. »Das sind dieselben Gesichter wie auf den Gemälden im Marlow Way.«

»Und hinter allen steckt LaPorta«, sagte Alexander. »Als er seinerzeit die Phiole bei den Azteken fand, war er schon nicht zimperlich. Doch der Gebrauch der Phiole verdirbt die Seele zusätzlich: Die Menschlichkeit geht immer mehr verloren und am Ende bleibt nichts weiter übrig als ein gefühlloses, kaltes und nur auf den eigenen Vorteil bedachtes Wesen.«

Ein Schauer fuhr Joe über den Rücken, als er an den kalten Blick LaPortas dachte, in dem sich kein Quäntchen Mitgefühl spiegelte.

»Meine Eltern befürchteten das Schlimmste, wenn LaPorta der Schritt zur Unsterblichkeit gelingen würde«, fuhr Alexander fort. »Stellt euch jemanden wie ihn als mächtigen Herrscher vor: Die Welt würde in Grauen und Finsternis versinken. Das konnten meine Eltern nicht zulassen. Aber LaPorta war ihnen bereits auf den Fersen und sie befürchteten, dass er ihren Geheimraum entdecken und die Phiole an sich nehmen könnte. Deshalb beschlossen sie, die Phiole an einen sicheren Ort zu bringen und alle Kontakte zur Außenwelt abzubrechen. Nur in völliger Isolation war es möglich, dass LaPorta die Phiole nicht finden würde. Es war ein perfekter Plan. Er hatte nur einen Haken.« Alexander seufzte. »Mich.«

»Meine Eltern ließen mich zurück, um mich zu schützen«, erklärte er. »Sie hofften, wenn LaPorta herausfinden würde, dass sie verschwunden waren, würde er sie verfolgen und mich in Ruhe lassen. Für den Fall, dass er dennoch gefährlich werden würde, entwickelten sie einen ausgeklügelten Mechanismus, damit ich hinter das Geheimnis komme, LaPorta aber nichts mit den Puzzlesteinen anfangen konnte. Ihr Plan sah vor, dass ich mit Einstein zu einem Verwandten fliehe und dort im Verborgenen lebe, bis der Schrecken ein Ende hat. Denn wenn LaPorta stirbt, ohne dass seine Seele weitergegeben wird, ist der Spuk vorbei. Solange muss die Phiole versteckt bleiben.«

»Wieso haben deine Eltern die Phiole nicht zerstört, wenn sie so gefährlich ist?«, fragte Rebecca.

»Das würden sie nie tun«, erwiderte Alexander. »Archäologen zerstören keine Artefakte. Sie bezahlen eher mit ihrem Leben dafür, um sie zu schützen.«

»Oder mit dem Leben anderer«, murmelte Rebecca nachdenklich.

»Und wieso ist LaPorta ausgerechnet zum Postamt in Luton gegangen?«, fragte Joe. »Ohne einen Hinweis deiner Eltern wäre er ja vermutlich nie auf die Idee gekommen, genau dort nach dem Brief zu fragen – und dann wäre der auch nie an dich abgeschickt worden.«

»Ich vermute, dass es etwas mit dem Bild zu tun hat, das aus dem Büro meiner Eltern gestohlen wurde«, erwiderte Alexander.

»Das Foto aus dem kaputten Rahmen?«, fragte Rebecca und erinnerte sich an die Glasscherben, die sie auf dem Boden des Büros im Natural History Museum gefunden hatte.

Alexander nickte. »Darauf ist mein Vater mit seiner Fußballmannschaft zu sehen«, erklärte er. »Er spielte beim Luton-Fußball-Club. Und der hat den fliegenden Hut als Wappen. Irgendwie haben meine Eltern dafür gesorgt, dass LaPorta auf das Foto aufmerksam wurde. Und im Rahmen muss ein Hinweis versteckt gewesen sein, der ihn zum Postamt führte. Ihr Plan hat also funktioniert.« Alexander seufzte. »Bis ins letzte Detail.«

Rebeccas Gesicht nahm einen betrübten Ausdruck an. »Heißt das jetzt, du gehst fort?«

Alexander nickte. »Leider. Und ausgerechnet jetzt, wo

ich so tolle Freunde gefunden habe.« Er seufzte. »Aber hier bin ich vor LaPorta nicht mehr sicher.«

»Wenn wir nur wüssten, wo er steckt«, murmelte Joe.

»Ich bin hier«, sagte eine Stimme. Die drei Freunde fuhren erschrocken herum. Im Eingang stand LaPorta und grinste sie böse an.

21

Habt ihr wirklich geglaubt, ich würde mich so schnell geschlagen geben?« Er lachte auf. Dann betrat er die Höhle und hinter ihm kam der Höllenhund zum Vorschein. Offenbar war er nicht ertrunken, nachdem er in die Themse gestürzt war. Sabbernd und geifernd bewachte er den Eingang.

LaPorta richtete den Blick auf Alexander und das hämische Grinsen verschwand aus seinem Gesicht. »Wo ist sie?«, zischte er.

»Ich habe keine Ahnung«, antwortete Alexander seltsam ruhig. »Das müssten Sie doch eigentlich wissen.«

LaPorta zuckte mit den Achseln. »Hätte ja sein können, dass du in den letzten Stunden einen entscheidenden Hinweis gefunden hast. Zum Beispiel hier in diesem Raum oder ... in dem Brief!« Er streckte die Hand aus. »Gib ihn mir!«

Alexander zuckte zurück. »Niemals!« Er stopfte den Brief in seine Hosentasche.

»Und wie willst du verhindern, dass ich ihn bekomme?«, fragte LaPorta. »Du und deine Freunde sitzen hier in der Falle. Die Polizei hat das Tunnelsystem bereits durchsucht, die kommen nicht mehr wieder. Niemand kommt euch zu Hilfe. Ihr seid am Ende, begreifst du das nicht?«

»Ich gebe den Brief trotzdem nicht her«, erwiderte Alexander trotzig.

LaPorta winkte ab. »Ich bekomme ihn sowieso früher oder später, denn wenn du erst mal mein Gefangener bist ...«

»Sie wollen Alexander kidnappen?«, rief Rebecca.

»Na, was denkst du denn? Er ist schließlich meine beste Chance, an die Kristall-Phiole zu kommen. Wenn seine Eltern erfahren, dass sich ihr Sohn in meiner Gewalt befindet, werden sie sie schon rausrücken.«

»Sie vergessen, dass Alexanders Eltern alle Verbindungen zur Außenwelt gekappt haben«, erinnerte ihn Joe. »Es gibt keine Möglichkeit, dass sie es erfahren.«

»Vielleicht«, sagte LaPorta. »Vielleicht auch nicht. Wir werden sehen. Ich jedenfalls sehe keinen Grund, mir diese Chance entgehen zu lassen. Also los, Alexander Mercurius: Mitkommen!«

»Und was passiert mit meinen Freunden«, fragte Alexander.

»Um die kümmert sich Xolotl«, erwiderte LaPorta und der Höllenhund fletschte seine Zähne.

»Sie wollen uns töten?«, fragte Joe. »So wie Sie den alten Mac getötet haben?«

»Den Friedhofswärter?«, fragte LaPorta abschätzig. »Das war ein Narr. Wollte uns sein Haus nicht verkaufen und hat stattdessen lieber teuer dafür bezahlt.«

»Er gehörte nicht zu Ihnen und der *Bruderschaft des ewigen Lichts?«*, fragte Joe.

»MacMyrkahn gehörte zum *Auge der Vorsehung«*, sagte LaPorta. »Und das war keine Loge, sondern ein veralteter Geheimbund, der mehr den Status eines Vereins hatte.« LaPorta machte eine abfällige Handbewegung. »Die konnte man gar nicht ernst nehmen.«

»Sie haben ihn also nur aus dem Weg geräumt, um einen Zugang zum Tunnelsystem zu bekommen«, sagte Rebecca. »Aber der Weg von unserem Haus zum Schmugglernetz ist verschüttet.«

»Das konnten wir ja nicht wissen«, sagte LaPorta. »Und als die Behörden auf uns aufmerksam wurden, hatte sich die Sache sowieso erledigt.«

»Deshalb sind Sie in das Haus im Marlow Way gezogen«, sagte Joe. »Es war ebenfalls ans Schmugglernetz angeschlossen, doch auch hier gab es ein Problem: die Tür. Sie bekamen sie einfach nicht auf.«

»Der Tunnel hätte Sie sowieso nicht ans Ziel gebracht«, ergänzte Rebecca. »Denn er führte ja nur zu uns. Was Sie aber nicht wussten.«

»Deshalb nahmen Sie den Weg über die Gruft auf dem Friedhof«, sagte Joe. »Ich hätte aber noch eine andere Frage: Wie sind Sie auf den Bilderrahmen im Büro von Alexanders Eltern aufmerksam geworden?«

LaPorta lachte. »Das Foto darin war verrutscht«, erklärte er. »Es sah aus, als habe es jemand herausgenommen und dann wieder eingerahmt, ohne noch mal einen Blick daraufzuwerfen – vielleicht in großer Eile. Ich habe nachgesehen und siehe da: Auf der Rückseite des Fotos war der Einlieferungsschein für den Brief beim Postamt Luton befestigt.« Er warf Alexander einen grimmigen Blick zu. »Das haben deine Eltern schlau eingefädelt, denn dadurch dachte ich, dass ich zufällig auf die richtige Spur gestoßen bin; dabei war es eine falsche Fährte.«

»Und wieso ...«, begann Joe, doch LaPorta unterbrach ihn scharf.

»Schluss jetzt! Ich habe keine Zeit für Plaudereien.« Er richtete seinen Blick wieder auf Alexander. »Also?«

Alexander seufzte schwer. »Sie haben gewonnen.« Unbemerkt stieß er Joe an, der neben ihm stand.

»Du kommst freiwillig mit?«, fragte LaPorta.

»Das ist gar nicht notwendig«, erwiderte Alexander. »Die Phiole ist nicht fort. Sie ist hier.«

Rebecca zog die Brauen hoch, doch im selben Augenblick stieß Joe sie heimlich an. Rebecca hatte keine Ahnung, was vor sich ging, doch sie blieb wachsam.

LaPorta schäumte vor Wut. »Willst du mich veräppeln?«

Alexander blieb die Ruhe selbst. »Welches Versteck könnte sicherer sein als eines, an dem bereits gesucht wurde? Meine Eltern haben ihre Flucht und das alles nur inszeniert, um davon abzulenken, dass die Phiole ihren Platz nie verlassen hat.«

LaPortas Miene verfinsterte sich. »Und wo ist ihr Platz?«

»Dort«, sagte Alexander und zeigte zu dem kleinen Schrein in der hinteren Ecke der Höhle.

LaPorta schien unschlüssig. »Und du denkst, dass ich dir das glaube?«

Alexander zuckte mit den Schultern. »Glauben Sie es oder nicht, an der Wahrheit ändert es nichts.«

»Dann hol sie mir«, sagte LaPorta.

Alexander hob erstaunt die Brauen. »Ich soll sie Ihnen holen? Können Sie sich nicht denken, was dann passiert? Ich lasse die Phiole natürlich fallen, ist doch klar. Ich kann doch nicht zulassen, dass so ein kaltherziger und unbarmherziger Mensch wie Sie unsterblich wird. Und da Sie ja vermutlich sowieso nie vorhatten, mich am Leben zu lassen, kann ich der Menschheit vor meinem Tod auch noch einen Dienst erweisen und die Phiole zerstören. Und das wäre dann gleichzeitig auch Ihr Tod, José Madrigal LaPorta.« Alexander fixierte ihn mit festem Blick. Aber LaPorta reagierte nicht.

»Also schön«, sagte Alexander und machte einen Schritt in Richtung Schrein.

»Halt!«, hielt ihn LaPorta zurück. An seinen Schläfen traten dunkle Adern hervor und sein Gesicht war vor Anspannung verzerrt. »Ich hole mir die Phiole selbst. Aber gnade euch Gott, wenn sie nicht im Schrein ist. Dann stirbst nicht nur du, dann sterbt ihr alle!«

Alexander ging zurück zu Joe. »Sie sind ja auf der sicheren Seite«, sagte er. »Und fliehen können wir auch nicht, weil Ihr Hund auf uns aufpasst. Es ist doch ein Hund, oder?« Wieder stieß er Joe unbemerkt an und Joe gab das Signal an seine Schwester weiter. Plötzlich wusste Rebecca, was zu tun war.

LaPorta antwortete nicht, sondern ging zum Schrein und legte die Hand auf den mit Gold verzierten Deckel. Noch einmal warf er Alexander einen Blick zu – dann öffnete er die Schatulle und sah hinein.

»Jetzt!«, schrie Alexander und Rebecca stieß einen schrillen Pfiff aus, der den Höllenhund vor dem Eingang zum Winseln brachte. Gleichzeitig griff Joe nach dem Beryll und zog ihn aus der Fassung. Das Licht erlosch und es wurde stockdunkel in der Höhle.

»Raus hier!«, schrie Joe und die drei Freunde rannten los.

»Fass, Xolotl«, schrie LaPorta, doch Rebecca wiederholte ihren Pfiff und der Höllenhund blieb untätig und winselnd zurück. Die drei Freunde flohen aus der Höhle und rannten in den Tunnel hinein.

»Haltet euch an den Händen«, sagte Joe. »Und nicht wieder verlieren!«

Eine Hand von sich gestreckt führte er Rebecca und Alexander durch das Tunnellabyrinth. Nach ein paar Metern teilte sich der Weg. »Links geht's zur Gruft«, sagte er. »Rechts zum Hafen.«

»Umgekehrt«, widersprach Rebecca. »Das weiß ich genau.«

»Ich auch«, sagte Joe böse.

»Aber ich habe den Plan ins Reine gezeichnet«, beharrte Rebecca. »Glaub mir, ich weiß es.«

»Meister des Lichts und der Dunkelheit«, hallte plötzlich LaPortas Stimme durch die Gänge. *»Dein Werk überdauert Äonen.«* Die Erde begann zu beben.

»Was ist das?«, wollte Alexander wissen.

»LaPorta ruft Hermes Trismegistos«, sagte Joe. »Das ist die Formel, die er und seine Getreuen bei ihrer geheimen Zeremonie gesungen haben.«

»Mit ihm zerfällt sogar die Zeit«, fuhr LaPorta fort und seine Stimme kam immer näher. *»Soll nur im kalten Hauch des Todes wohnen.«* Das Beben wurde stärker.

»Und was heißt das jetzt?«, fragte Rebecca.

»Auf jeden Fall nichts Gutes«, sagte Alexander. Im selben Augenblick ging ein heftiger Ruck durch das unterirdische Reich. Die drei Freunde mussten sich aneinander festhalten, um nicht umzufallen.

»Welchen Weg jetzt?«, rief Joe. »Links oder rechts?«

»Ihr geht nirgendwo mehr hin«, tönte LaPorta und ein Lichtschein schälte sich aus der Dunkelheit.

»Rennt!«, schrie Joe, doch ein weiteres Beben erschütterte den Boden so stark, dass sich die drei Freunde an den Tunnelwänden abstützen mussten. Erdbrocken fielen von der Decke herab.

»Ihr könnt mir nicht entfliehen«, rief LaPorta und sein Lachen hallte gespenstisch durch die unterirdische Welt. »Mir, dem Bezwinger von Hermes Trismegistos, dem Meister der Alchemie.« Er kam näher, an seiner Seite Xolotl. »Ein Wort von mir und er steigt empor aus der Unterwelt. Ein Wort von mir und er zerquetscht euch wie Fliegen. Ihr habt keine Chance! Euer Schicksal ist besiegelt.« Er hob die Arme. *»Meister des Lichts und der Dunkelheit!«* Dann richtete er den Finger auf die drei Freunde. »Vernichte sie!«

Weitere Beben zuckten durch das Erdreich. Die drei Freunde gingen zu Boden und kauerten sich eng zusammen. Immer mehr Erde stürzte aus der Tunneldecke, die Luft füllte sich mit Staub und der Lärm war unbeschreiblich. Und dann, auf dem Höhepunkt des Bebens, stürzte der Tunnel vor ihnen ein. Joe, Rebecca und Alexander waren sich sicher, dass die Erdmassen sie begraben würden. Doch als das Dröhnen nachließ, begriffen sie, dass ihr

Teil des Tunnels fast unversehrt geblieben war. Hustend schnappten sie nach Luft.

»Rebecca?«, rief Joe und hustete.

»Ich bin hier«, kam die Antwort nicht weit entfernt. »Wo ist Alexander?«

»Alexander?«, rief Joe und wedelte den Staub zur Seite. »Wo bist du?«

Joe kroch auf allen vieren durch den Staub und erreichte seine Schwester.

»Hier ist er nicht«, sagte sie.

»Alexander!«, brüllte Joe und kroch weiter. Plötzlich schoss eine Hand aus dem Untergrund und packte sein Bein. Joe schrie auf. Doch Rebecca erkannte, dass es nicht der Fremde war. »Das ist Alexander«, sagte sie hektisch. »Er ist verschüttet.«

Hastig gruben sie ihn aus. Als sich Alexander schließlich aufsetzte, spuckte er Erde und Staub aus dem Mund. »Wo ist LaPorta«, fragte er hustend.

»Irgendwo unter der Erde«, sagte Joe und wies auf den verschütteten Gang.

»Und wie kommen wir jetzt raus?«, fragte Rebecca.

Plötzlich wurden Stimmen lauter, gefolgt von hektischen Taschenlampenlichtern.

»Hier sind sie!«, rief eine Stimme. Und als die drei Freunde begriffen, dass das nicht LaPortas Schergen waren, sondern die Polizei, fiel ihnen allen ein gewaltiger Stein vom Herzen.

Vor der Gruft warteten die Bookmans. Als sie ihre Kinder sahen, nahmen sie sie erleichtert in die Arme, und weil

Alexander ein wenig verloren danebenstand, schlossen sie ihn in die Umarmung mit ein. Dann wurden die drei von einem Rettungssanitäter untersucht und danach mussten sie der Polizei berichten, was geschehen war. Als sie endlich nach Hause durften, war es schon spät und Rebecca und Joe waren fix und fertig. Dennoch konnte Joe lange nicht einschlafen. Die Ereignisse ließen ihn nicht mehr los, sondern spukten durch seine Gedanken wie bösartige Geister. Erst als der Morgen graute, fielen Joe endlich die Augen zu.

EINE WOCHE SPÄTER

Die Ereignisse in und um Howard's End und den Schmugglertunnel waren eine große Sache. Zeitungen und Fernsehsender berichteten darüber und Joe und Rebecca gaben mehr als ein Interview und wurden damit stadtbekannt. Allerdings erzählten sie nicht die ganze Geschichte, sondern ließen bestimmte Teile aus. Das hatten sie mit der Polizei abgesprochen, nachdem der Tunnel untersucht und der leblose Körper des Albino-Hundes gefunden worden war.

LaPortas Körper blieb unter den Erdmassen verschollen, allerdings war es auch nicht möglich, die kompletten Tunnel wieder auszugraben, ohne dabei Teile des Friedhofs zu zerstören. Deshalb wurden die Grabungen nach ein paar Tagen eingestellt und sämtliche Tunneleingänge gesperrt und versiegelt.

Alexander hielt sich aus alldem weitestgehend heraus, er gab auch keine Interviews, und abgesehen von der Polizei, sprach er nur mit Joe und Rebecca. Nachdem Einstein aus dem Krankenhaus entlassen worden war, bereiteten sie alles vor, um Amarak zu verlassen.

»Musst du wirklich weg?«, fragte Rebecca, als sich ihr Freund bei ihnen verabschiedete.

Alexander nickte. »Ja, aber ich komme wieder, sobald ich meine Eltern gefunden und ihnen gesagt habe, dass von LaPorta keine Gefahr mehr ausgeht.«

»Wenn das stimmt«, murmelte Joe mit finsterer Miene. »Mir wäre wohler, wenn sie seinen Körper gefunden hätten und wir sicher sein könnten, dass er tot ist.«

»Er ist tot«, sagte Alexander. »So einen Tunneleinsturz überlebt niemand – hat man ja an seinem Hund gesehen.« Er seufzte. »Ich gehe wirklich nur sehr ungern fort. Wir sind zwar erst seit Kurzem Freunde, aber es kommt mir so vor, als würden wir uns schon eine Ewigkeit kennen.«

»Mir auch«, sagte Rebecca und umarmte Alexander. »Pass auf dich auf«, flüsterte sie ihm zu. »Und bring deine Eltern mit.«

»Mach ich«, erwiderte Alexander und boxte Joe freundschaftlich gegen die Schulter.

Danach streckte Alexander die Hand aus. »Bis in den Tod?«, fragte er.

»Bis in den Tod und darüber hinaus«, sagten Joe und Rebecca und legten ihre Hände auf seine.

»Bis in alle Ewigkeit«, fügte Alex hinzu und strahlte.

Christian Gailus

Ghostfighter & Co.

Der Fluch des 13. Stocks

Im Hotel Gigantum verschwinden immer wieder Hotelgäste. Sie fahren mit dem Fahrstuhl bis in den 13. Stock, steigen aus und ... sind weg! Der Hoteldirektor ist verzweifelt und ruft die Ghostfighter zu Hilfe. Anton, Benno und Charlie legen sich auf die Lauer und finden bald heraus, dass im 13. Stock noch ganz andere Dinge vor sich gehen und das Hotel ein Geheimnis hat, von dem niemand etwas ahnt.

Cressida Cowell

Drachenzähmen leicht gemacht

Brandgefährliche Feuerspeier

Die Exterminator-Drachen kommen! Mit ihrem verheerenden Flammenatem drohen sie, den Stamm der Räuberischen Raufbolde für immer auszulöschen. Für Hicks und seinen Drachen Ohnezahn gibt es nur eine Möglichkeit, das tödliche Unheil abzuwenden: Der Feuerstein muss schnellstens an seinen rechtmäßigen Platz zurückgebracht werden – nämlich mitten in den riesigen Vulkan der Lavabold-Insel ...

Handbuch für echte Helden

Kein Weg zurück?! Hoffnungslos verloren im Labyrinth der geheimnisvollen Dickschädel-Bibliothek kämpft Hicks zusammen mit seinen Freunden Fischbein und Kamikazzi einmal mehr um sein Leben. Denn die tödlichen Drillkillstacheldrachen und Barbar Irrwürg sind dicht auf ihren Fersen – und das alles ausgerechnet an Hicks' zwölftem Geburtstag ...

Band 5
256 Seiten • Gebunden
ISBN 978-3-401-60234-9
Auch als E-Books erhältlich und als Hörbücher bei Arena audio

Arena

Band 6
224 Seiten • Gebunden
ISBN 978-3-401-60235-6
www.drachenzaehmen.de
www.arena-verlag.de

Katja Brandis

Woodwalkers

Carags Verwandlung

Auf den ersten Blick sieht Carag aus wie ein normaler Junge. Doch hinter seinen leuchtenden Augen verbirgt sich ein Geheimnis: Carag ist ein Gestaltwandler. Aufgewachsen als Berglöwe in den Wäldern lebt er erst seit Kurzem in der Menschenwelt. Das neue Leben ist für ihn so fremd wie faszinierend. Doch erst als Carag von der Clearwater High erfährt, einem Internat für Woodwalker wie ihn, verspürt er ein Gefühl von Heimat. In Holly, einem frechen Rothörnchen, und Brandon, einem schüchternen Bison, findet er Freunde. Und die kann Carag gut gebrauchen ...

Gefährliche Freundschaft

Das Schuljahr auf der Clearwater High beginnt. Voller Begeisterung stürzt Carag sich in die ersten Lernexpeditionen mit seinen Freunden. Doch nicht jeder ist glücklich über die Aktivitäten des jungen Puma-Wandlers. Sein ehemaliger Mentor Andrew Milling hat Rache geschworen und plötzlich fühlt Carag sich auf Schritt und Tritt beobachtet. Ob es auf dem Internat für Gestaltwandler etwa Spione gibt? Als die Lage sich immer mehr zuspitzt, bekommt Carag unerwartet Hilfe von Schneewölfin Tikaani. Aber kann ein Puma wirklich einer Wölfin trauen?

Band 1
280 Seiten • Gebunden
ISBN 978-3-401-60196-0
Auch als E-Books erhältlich und
als Hörbücher bei Arena audio

Arena

Band 2
280 Seiten • Gebunden
ISBN 978-3-401-60197-7
www.arena-verlag.de

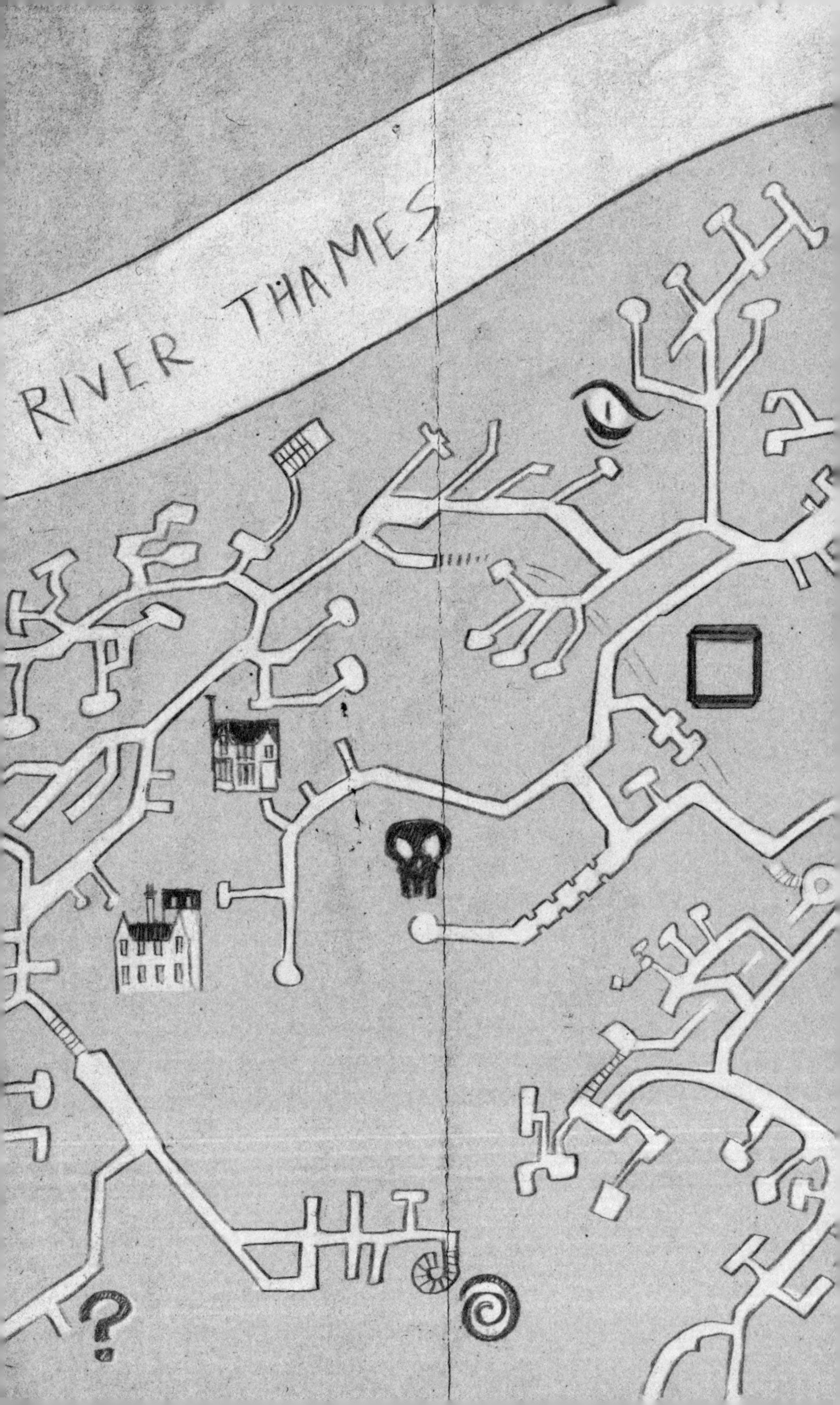
RIVER THAMES